Susan Stephens
El jinete argentino

Editado por HARLEQUIN IBÉRICA, S.A.
Núñez de Balboa, 56
28001 Madrid

© 2011 Susan Stephens
© 2014 Harlequin Ibérica, S.A.
El jinete argentino, n.º 2281 - 1.1.14
Título original: The Untamed Argentinian
Publicada originalmente por Mills & Boon®, Ltd., Londres.

I.S.B.N.: 978-84-687-3938-0
Depósito legal: M-30303-2013
Editor responsable: Luis Pugni
Fotomecánica: M.T. Color & Diseño, S.L. Las Rozas (Madrid)
Impresión en Black print CPI (Barcelona)
Fecha impresion para Argentina: 30.6.14
Distribuidor exclusivo para España: LOGISTA
Distribuidor para México: CODIPLYRSA
Distribuidores para Argentina: interior, BERTRAN, S.A.C. Vélez
Sársfield, 1950. Cap. Fed./ Buenos Aires y Gran Buenos Aires,
VACCARO SÁNCHEZ y Cía, S.A.

Capítulo 1

TE IMPORTA si te hago compañía?

Un escalofrío recorrió la espalda de Bella al reconocer la voz con acento argentino tras ella. Solo había un hombre capaz de pasearse libremente por el Guard's Polo Club, en los jardines de Su Majestad en Windsor. Nero Caracas, conocido como el Asesino en los círculos de polo, era uno de los mejores jugadores del mundo y disfrutaba de unos privilegios con los que otros solo podían soñar. Increíblemente atractivo, Bella lo había visto dominando en el terreno de juego y lo había deseado tanto como cualquier otra mujer. Pero nada podría haberla preparado para estar tan cerca del jinete argentino.

–Así que esta es Misty –dijo Nero, adentrándose en el establo para acariciar la grupa del poni–. De cerca parece más pequeña...

–Las apariencias engañan –replicó Bella, saltando en defensa de su poni favorito mientras se obligaba a seguir engrasando los cascos. Había vivido con animales el tiempo suficiente para saber que podían ser muy peligrosos, por muy tranquilos que parecieran.

–El partido va a empezar...

«¿Y?», pensó Bella sin abandonar su tarea. Como adiestradora de los caballos del equipo británico sabía muy bien cuándo debía comenzar el partido. Y era Nero, como capitán del equipo rival, el que debería estar preparándose para el mismo.

A Nero lo precedía su reputación. Sin duda había pensado que podía dejarse caer por los establos y ver cumplidos sus deseos en el acto. Pero en esa ocasión el Asesino tendría que ceder ante la Doncella de Hielo.

—Tengo que hablar contigo sobre Misty —le dijo mientras examinaba al poni con la mirada.

—No es el mejor momento —respondió Bella fríamente, pero cuando sus ojos se encontraron se percató de que estaba sometiendo a Nero al mismo escrutinio visual que él con su yegua... Su piel bronceada, los pantalones blancos y ajustados, las botas de cuero ceñidas a sus poderosas pantorrillas, el polo oscuro, los rizos rebeldes que enmarcaban un mentón recio y oscurecido por una barba incipiente...

—Como quieras —concedió él.

Asintió ligeramente con la cabeza y Bella advirtió el brillo desafiante en sus ojos. Nero Caracas era el peor enemigo que Bella podía tener en su precaria situación económica. La crisis había hecho estragos en el mundo del polo y Bella no se podía permitir un solo fracaso.

—¿Eso es todo? —le preguntó con firmeza, encarando al todopoderoso dios del polo.

—No —respondió él, sacudiendo la cabeza—. Creo que Misty estaría mejor si la montara un hombre capaz de apreciarla como se merece...

—Te aseguro que el capitán del equipo inglés sabe apreciarla como se merece.

—¿En serio? ¿Sabe cómo montarla para darle placer?

Bella miró su reloj. Las palabras de Nero Caracas estaban impregnadas de un provocativo matiz sexual, o al menos así le parecía a ella.

—¿Te pongo nerviosa, Bella?

Ella se echó a reír.

—Claro que no. Me preocupa que llegues tarde al partido, eso es todo.

—Aún tengo tiempo —le aseguró él.

¿Era un brillo de regocijo lo que destellaba en sus ojos negros? Mientras él acariciaba el cuello de Misty, Bella se perdió unos instantes en la arrebatadora virilidad que irradiaban sus rasgos y músculos. Nero Caracas era un espécimen masculino de primer orden. ¿Cómo podría haber acabado aquel encuentro si las circunstancias hubieran sido distintas... y si ella hubiera sido otra mujer?

—*En garde* —murmuró Nero cuando ella se interpuso entre él y el poni con manchas grises—. Me gustaría que trabajaras para mí, Isabella, en vez de hacerlo para mis rivales.

Bella le echó una mirada cargada de ironía.

—Me encuentro muy bien donde estoy, gracias.

—Quizá pueda hacerte cambiar de opinión.

—Si te hace feliz intentarlo.

—Has de saber que nunca rechazo un desafío.

Aquel hombre era demasiado viril, demasiado inquietante y estaba demasiado cerca...

—¿Algo más? —le preguntó en tono cortante, irritada porque su yegua hubiera permanecido en calma cuando Nero entró en el establo.

La penetrante mirada de Nero le aceleraba el corazón. Nero Caracas tenía un carisma arrebatador ante el que no cabía la menor resistencia. Y Bella no quería verse reducida a un montón de hormonas revolucionadas por un macho recalcitrante. Como cualquier otra mujer, quería tener el control.

Nero alzó burlonamente las manos en un gesto de rendición.

—Tranquila, ya me marcho. Pero volveré a verte, Misty —le dijo a la yegua, desacostumbradamente dócil.

—Si no estoy yo, Misty está protegida por las medidas de seguridad más extremas —declaró Bella con una vehemencia feroz.

—Lo tendré en cuenta... —repuso él con un encogimiento de hombros que podría traducirse como «¿y qué?».

Nada ni nadie podría impedirle hacer lo que quisiera. Y su visita al establo sugería que el famoso argentino quería comprar a Misty, la yegua a la que Bella le había tomado tanto afecto.

—Te has ocupado muy bien de ella, Bella —observó Nero, deteniéndose en la puerta—. Está en óptimas condiciones.

—Conmigo es feliz.

Él lo reconoció asintiendo con la cabeza, pero su sonrisa insinuaba que podría ofrecerle mucho más que ella a cualquier caballo.

La posibilidad de perder a Misty cayó sobre ella como una bomba. En el mundo del polo la presión era constante. Los mejores jugadores tenían que montar los mejores caballos. Misty era la mejor, y solo un tonto pensaría que era posible interponerse en el camino de Nero Caracas sin pagar las consecuencias.

—Hasta nuestro próximo encuentro, Bella.

No habría un próximo encuentro, pensó ella con

los labios apretados. Misty era todo lo que quedaba de su difunto padre. Mientras siguiera compitiendo, la gente seguiría hablando de Jack Wheeler como el mejor adiestrador de caballos y no como el jugador que perdió todo por lo que había trabajado.

—Misty solo se deja montar por aquellos en quienes confía.

—Como cualquier mujer —Nero sonrió y volvió a acercarse a la yegua para pasar la mano por una pata—. Buenas patas...

Bella sintió un hormigueo en las piernas. La mirada de Nero le dejaba claro que la yegua no era la única que estaba siendo examinada.

—Disfruta del partido —le dijo, medio aturdida.

—Tú también, Bella —respondió él en un tono divertido y a la vez desafiante.

—Misty superará a tus ponis criollos de la Pampa.

—Ya lo veremos. Mis criollos descienden de los caballos de guerra españoles. Su fuerza es insuperable. Su lealtad, incontestable. Su resistencia, incomparable. Por no decir que llevan el espíritu combativo en los genes.

Igual que Nero, pensó Bella. Lo había visto competir y se había maravillado con su fuerza, velocidad y agilidad, la perfecta coordinación de sus movimientos, su sorprendente intuición y la inmediata respuesta que recibía de sus monturas. Nunca pensó que algún día sería ella la destinataria de ese poder dominante.

—Que gane el mejor —dijo, alzando el mentón en un gesto desafiante.

—Desde luego que ganará el mejor —corroboró el indiscutible rey del polo.

Bella siempre se había sentido a salvo en las cuadras, rodeada por el olor a heno y el calor de un animal en el que podía confiar. Pero esa seguridad se veía en peligro por culpa de un hombre con voz profunda y evocadora.

Fuera cual fuera el juego, no podía olvidar que Nero Caracas siempre jugaba para ganar.

–Gane o pierda, Misty no está en venta.

–He acabado mi examen y me gusta lo que veo –comentó Nero como si ella no hubiera dicho nada–. Tendrá que pasar el reconocimiento del veterinario, pero si hoy demuestra estar a la altura de las expectativas... y seguro que así será, me gustaría hacerte una oferta por ella, Bella. Pon tú el precio.

–He dicho que no está en venta, señor Caracas –no iba a cambiar de opinión solo porque a Nero Caracas se le metiera en la cabeza adquirir a Misty–. No necesito tu dinero.

Nero ladeó la cabeza. Era obvio que conocía los rumores que circulaban sobre ella en el mundo del polo.

–Puede que no necesites mi dinero, pero todo el mundo necesita algo...

–¿Es una amenaza? –una punzada de pánico la atravesó. ¿Iba a perder todo por lo que había trabajado? Nero Caracas era el centro alrededor del cual giraba el universo del polo. Además de una inmensa fortuna y de una habilidad sin par en el terreno de juego, conocía a los caballos mejor que nadie. Con un simple chasquido de sus dedos podría acabar con la carrera de Bella.

–Relájate –le aconsejó él–. Trabajas mucho y te preocupas demasiado, Bella. El polo solo es un juego.

¿Solo un juego?

–Estoy impaciente por ver a Misty en acción –continuó él. Le echó una última y penetrante mirada con sus ojos negros y salió del establo.

Bella dejó escapar una exhalación y se derrumbó contra la fría pared de piedra. Era una locura enfrentarse a él, pero lo haría con uñas y dientes si Nero intentaba presionarla.

En ese momento entró uno de los mozos y le preguntó a Bella si todo iba bien.

–Sí, sí... muy bien –le confirmó ella, deseando estar en casa con sus perros y caballos, donde la vida era sencilla y apacible y donde los niños que la visitaban aprendían a cuidar a los animales. Si se enfrentaba a Nero podría perderlo todo.

–¿Quiere que lleve a Misty al terreno de juego? –se ofreció el mozo.

–Sí, llévala, pero no la pierdas de vista en ningún momento.

–Descuide. Vamos, Misty –el chico agarró las riendas.

–Mejor te acompaño –decidió Bella. La inesperada visita de Nero Caracas la había conmocionado, y también le había recordado que su vida era un castillo de naipes que podía derrumbarse en cualquier momento. Nero jamás hacía nada sin un propósito.

Tendría que responder a su fuego con hielo, decidió mientras cerraba la puerta del establo. Lo había hecho otras veces y siempre había conseguido salir ilesa. La gente aún hablaba de cómo su padre había arruinado su carrera por culpa del juego, y por eso Bella se había convertido en la Doncella de Hielo. La vida le había enseñado a mantener el control sobre sus sentimientos. Y Misty era más que un poni. La pequeña yegua simbolizaba la determinación de Bella por reconstruir el nombre de su familia. Le había prometido a su moribundo padre que nunca se desprendería de Misty, pero ¿cómo podría rechazar la oferta de Nero Caracas?

Tenía que hacerlo. Nero podía ser el sueño erótico de una mujer con sus hombros de herrero, sus ojos negros y su barba incipiente, pero ella tenía un trabajo que hacer.

–Buena suerte, Bella –le desearon los otros mozos mientras atravesaba el patio.

Ella los saludó con la mano y apresuró el paso.

–El equipo argentino parece muy bueno –observó el mozo que la acompañaba–. Especialmente Nero Caracas. En los últimos partidos el Asesino ha hecho honor a su apodo...

–Muy bien, gracias –no necesitaba que le recordaran la brutalidad de Nero. El campeón podía sentirse como en casa en el terreno de juego y hacer de caballero en los jardines de la reina, pero vivía en Argentina, done se dedicaba a criar y adiestrar caballos en las vastas llanuras de la pampa.

La pampa...

El nombre le desató un torrente de imágenes tan excitantes como peligrosas. Cuanto antes regresara Nero a su tierra natal, antes podría ella respirar tranquila.

Ató a Misty junto a las otras monturas que esperaban su turno para salir al campo y le rodeó el cuello con los brazos.

–Jamás te perderé –le susurró–. Y nunca te vendería a un salvaje desalmado como Nero Caracas. Antes preferiría...

Enterró la cara en el costado de Misty e intentó

borrar las imágenes que la asaltaban sin cesar, pero una y otra vez se imaginaba gimiendo de placer en brazos de Nero. Soñar despierta estaba muy bien, pero en lo sucesivo haría mejor en cerrar la puerta del establo.

Nero nunca les daba mucho crédito a los rumores. Prefería formarse su propia opinión sobre las personas, animales, lugares, cosas...

Y sobre Isabella Wheeler.

La Doncella de Hielo lo había mirado con recelo y hostilidad al principio, pero no al despedirse. ¿Por qué llevaba su largo pelo rojo severamente recogido bajo una red? Presentaba un orden y pulcritud antinaturales, pero bajo la coraza de hielo se adivinaba una vena salvaje. Nero había visto a muchos caballos aparentemente dóciles soltándole una coz a un mozo de cuadras que no se acercara con el suficiente respeto. Bella demostraba tener un control absoluto sobre todo lo que hacía. Se había ganado el respeto en el mundo de la equitación, pero seguía siendo un enigma y nadie sabía nada de su vida privada. Y el aura de misterio que la envolvía era un desafío imposible de resistir para Nero.

Montó y agarró las riendas mientras llamaba a su equipo para darles la última arenga. Los jugadores lo conocían bien y sabían que estaba más nervioso que de costumbre.

–Sin piedad –les ordenó–. Pero sin poner en peligro a los caballos. Y mucho cuidado con la yegua gris que montará el capitán inglés. Es posible que quiera comprarla, dependiendo de cómo lo haga hoy.

¿Bella estaba decidida a no venderle su yegua?

Él la haría cambiar de opinión, por mucho que ella se resistiera. La idea de derribar sus defensas y hacer que sus ojos gritaran de placer era todo el estímulo que necesitaba. Quería que se relajara con él y descubrir quién era realmente Bella Wheeler.

El brillo de determinación era tan fuerte en sus ojos que su equipo lo confundió con el fuego de la batalla y se apartó de él.

Bella no sería nada fácil, pensó mientras se quitaba el casco ante la multitud que rugía en las gradas. No, Bella no sucumbiría ante él como había hecho su bonita yegua. Se lo impedía el miedo que Nero había intuido tras su fría expresión. El miedo a perder a su yegua... y algo más que intrigaba a Nero. ¿Por qué una mujer tan atractiva y competente en su trabajo vivía como una monja de clausura en una sociedad dominada por el sexo y la lujuria?

Porque Bella era distinta. Una mujer independiente y valerosa que había apoyado a su padre hasta el final y que se había esforzado en salvar lo poco que pudo. Pero en lo relativo a su vida privada parecía estar sola y decidida a seguir así. ¿Por qué si no vestía de aquella manera tan recatada?

Se dedicaba en cuerpo y alma al trabajo, como si la menor concesión al humor y la diversión fuera un riesgo inaceptable. Sin embargo, bajo su fachada de hielo se escondía una mujer cálida y afectuosa, muy querida por los niños a los que invitaba a sus cuadras. Y a él podría resultarse de gran utilidad.

Volvió a colocarse el casco y miró hacia las gradas en busca de Bella mientras espoleaba a su montura para comenzar el partido.

Capítulo 2

BELLA odiaba a Nero Caracas con toda su alma. Él solo se había bastado para aniquilar al equipo británico. Sus tres compañeros habían jugado bien, pero era él quien había aplastado a sus rivales, los cuales montaban los ponis que ella había adiestrado. Tuvo una pequeña alegría cuando el príncipe, encargado de entregar los premios, nombró a Misty poni del partido, pero Nero se encargó de amargarle el triunfo con una mirada que lo decía todo: «Misty va a ser mía».

«Por encima de mi cadáver», le respondió ella en silencio.

Para empeorarlo todo aún más, se vio obligaba a aguantar su compañía durante la velada. El príncipe invitó a todos los jugadores y adiestradores a cenar en el castillo de Windsor. No era el tipo de invitación que Bella pudiera rechazar así como así, y no iba a permitir que Nero Caracas le impidiera ver por dentro el castillo real. Además, la invitación del príncipe ayudaría a limpiar el recuerdo de su padre y a que el nombre de Jack Wheeler volviera a ser pronunciado con orgullo en el mundo del polo. Y, bien pensado, tampoco era probable que tuviera que sentarse junto a Nero. El protocolo se respetaba escrupulosamente en los círculos sociales y a ella le correspondía sentarse con su equipo.

—Espero que no te importe sentarte a mi lado en vez de con tu equipo –le dijo el príncipe con una cálida sonrisa.

—Claro que no, señor. Es un honor –respondió Bella cortésmente, intentando ignorar al hombre que se sentaba al otro lado del príncipe. Y el hecho de que Nero Caracas pareciera hacer tan buenas migas con su anfitrión real.

—El capitán del equipo ganador y la dueña y adiestradora del poni del partido... Me parecía un emparejamiento inevitable –le confesó el príncipe con su tono despreocupado de siempre.

—Desde luego, señor –corroboró Bella, encontrándose con la mirada divertida de Nero. ¿Qué estaba pasando allí?

—Su Alteza es un hombre muy perspicaz –comentó Nero mientras miraba a Bella con una ceja arqueada.

Bella Wheeler vestida con un traje de noche. Una imagen con la que había estado fantaseando de camino al castillo. Se había imaginado a Bella con el pelo suelto y mostrando las curvas que escondía su ropa de trabajo. Pero el vestido le habría parecido recatado incluso a su abuela, y el pelo lo llevaba más severamente recogido que nunca. A aquel paso acabaría paseándose como una mujer anuncio con el mensaje «Se mira pero no se toca».

—He oído hablar muy bien de ti, Bella –estaba diciendo el príncipe–, y no solo como adiestradora de ponis. Al parecer también haces un trabajo magnífico con niños.

Bella se puso colorada. No le gustaba que se hablase del trabajo que hacía en su tiempo libre.

–¿No has pensado en ampliar horizontes? –insistió el príncipe.

Bella advirtió que Nero parecía esperar con interés su respuesta.

–El polo no me deja mucho tiempo, señor...

–Pero haces lo que puedes, que es más de lo que intenta la mayoría –continuó el príncipe–. Y he oído cosas realmente interesantes de ti...

Bella respondió con una sonrisa modesta.

La tensión se alivió a medida que transcurría la cena, y Bella se convenció de que Nero y el príncipe no tramaban ningún plan a sus espaldas. La presencia de Nero la ponía nerviosa, pero su anfitrión demostró ser un excelente conversador y mostraba un sincero interés por sus invitados. Años atrás había invitado al padre de Bella al castillo, pero para ella era la primera vez y no iba a desperdiciar la oportunidad con absurdas elucubraciones sobre los motivos que pudiera tener el príncipe para sentar a una solterona frente al hombre más deseado del mundo.

«Aléjate de mí, Caracas. Conmigo no tienes nada que hacer».

El problema era que deseaba a Nero. Tanto que apenas podía disimularlo delante del príncipe, quien obviamente era un hombre de mundo. Nero era una fuerza de la Naturaleza y podría tener a cualquier mujer que deseara. ¿Qué pensaría de ella si supiera lo que sentía por él? La vería como una estúpida y una ingenua. Y no estaría muy lejos de la realidad. En aquellos momentos, Bella se sentía como si se hubiera lanzado en paracaídas a un reino de ensueño y fantasía. Gracias a Dios había encontrado un vestido apropiado para el evento. Tenía por lo menos diez años, pero era lo suficientemente recatado para no atraer las miradas.

Se puso rígida en su asiento y le sostuvo la mirada a Nero, quien la mantuvo hasta que el príncipe comenzó a hablarle. A Bella se le presentó entonces la oportunidad para observar la lujosa estancia, los cuadros y tapices de reyes con espadas y coronas, mujeres risueñas y mujeres tristes ataviadas con suntuosos ropajes y rodeadas de niños que miraban con ojos inexpresivos hacia un futuro desconocido.

Bella se estremeció y levantó la mirada hacia el techo abovedado de color azul cobalto, decorado con querubines y nubes de algodón. Bajó de nuevo la vista y contempló la porcelana y la plata que decoraban la mesa, iluminada por la luz de las velas. Debía de haber unas cincuenta personas sentadas a la mesa, más larga que una pista de bolos. Sonrió cuando el mayordomo y su equipo de eficientes lacayos pasaron silenciosamente junto a ella... La niña salvaje que llevaba dentro sintió ganas de bailar tras ellos por las estrechas alfombras que cruzaban el salón.

Nero, en cambio, parecía sentirse muy cómodo en aquel selecto ambiente. Se rumoreaba que vivía con gran opulencia en su finca de Argentina y que la dirigía como si fuera su feudo. Y si el uniforme de polo le sentaba bien, con el traje a medida estaba absolutamente arrebatador. La chaqueta oscura se ceñía perfectamente a su poderosa figura, y la camisa blanca y corbata gris realzaban su magnífico bronceado.

Bella maldijo en silencio cuando él la sorprendió mirándolo. Se sentía más segura con sus ponis que con aquellos hombres. Los hombres fuertes y varoniles podían superarla físicamente, y Nero Caracas era el más fuerte de todos.

Pero ella era una profesional, no una adolescente impresionable. Se irguió en la silla e intentó desviar la conversación hacia un tema más seguro, pero el príncipe parecía estar de lado de Nero.

–Me sorprende que no hayas hecho una oferta por el poni del partido, Caracas.

–Lo he hecho –replicó Nero–. Me encantaría tener a Misty, pero la señorita Wheeler parece tener dudas...

–¿Dudas? –el príncipe se giró hacia Bella . El señor Caracas es dueño de una espléndida finca en Argentina. No he visto un lugar mejor en el mundo para los caballos.

–Ni siquiera eso parece convencerla –dijo Nero con un brillo divertido en los ojos.

–Deberías reconsiderarlo, señorita Wheeler –opinó el príncipe–. Nero es el mejor jinete del mundo, y como tal debería tener los mejores caballos a su disposición.

¿Con qué derecho?, se preguntó Bella mientras intentaba contener su indignación. El mensaje del príncipe no dejaba lugar a dudas. Si se mostraba intransigente perdería el favor del príncipe, el mayor patrocinador del polo, y todos sus esfuerzos no habrían servido para nada.

–Alteza... –no estaba dispuesta a desprenderse de su posesión más preciada, por muy grande que fuera la influencia de Nero Caracas sobre el príncipe.

Pero entonces Nero frustró todas sus esperanzas de encontrar una solución al hablar de su próximo proyecto. Quería trabajar con niños desfavorecidos que no tenían oportunidad de montar a caballo. Era lo que Bella había estado haciendo durante años, y sabía de primera mano lo positivo que podía ser para los niños.

—Quiero que sientan la libertad de la pampa —estaba explicándole Nero al príncipe—, y que aprendan cómo es la vida en mi finca.

A Bella también le gustaría descubrirlo. Pero sus sospechas se vieron corroboradas cuando se enteró de que el príncipe y Nero habían estado negociando desde hacía tiempo... el suficiente para que Nero convenciera al príncipe de que fuera su patrocinador.

—Es un trabajo muy parecido al tuyo —le señaló el príncipe, incluyéndola en la conversación—. Como te dije antes, deberías pensar en ampliar sus horizontes...

Le habían tendido una trampa, pensó Bella al detectar el brillo triunfal en los ojos de Nero. ¿Ampliar sus horizontes? ¡Argentina estaba a medio mundo de distancia! Debió de ponerse pálida, porque el príncipe ordenó a un criado que le rellenara el vaso de agua.

—Señor, no puedo ni pensar en marcharme de Inglaterra... y menos tan cerca de Navidad —había infringido el protocolo al dirigirse al príncipe sin que él la invitara a hacerlo, pero él pareció sentir su angustia e intentó tranquilizarla.

—La Navidad en Argentina es muy bonita y calurosa. Los compromisos que te atan aquí podrían resolverse fácilmente, y Nero contrataría a los mejores profesionales para ayudarte en Argentina.

Todo parecía estar ya decidido... Bella estaba a punto de estallar, pero interrumpir al príncipe por segunda vez sería una falta imperdonable.

—Comprendo tu preocupación —le aseguró el príncipe—. Un proyecto como este exige mucha planificación y papeleo, pero tú no te ocuparías de esas cosas. Tu labor sería enseñar a los niños a montar y compartir con ellos tu amor por los caballos.

—Pero, señor... —Bella lo miró con expresión suplicante. No podía dejar su trabajo. Día a día se dejaba la piel para ser la mejor.

—Habría una generosa compensación económica —dijo el príncipe, como si aquello supusiera una diferencia.

—No es por el dinero, señor...

—El orgullo está muy bien, Bella, pero todos tenemos que ser prácticos. Los gauchos de Argentina llevan siglos trabajando con caballos, igual que nosotros. No hay nada malo en intercambiar conocimientos entre amigos, ¿verdad? —la miró fijamente y Bella no supo qué decir.

—Cierto, señor —afirmó, evitando la mirada de Nero.

—Y podrías llevarte a Misty contigo —añadió el príncipe—. Seguro que a Nero no le importa.

¿Se trataba de una broma?, se preguntó Bella mientras los dos hombres intercambiaban una mirada de complicidad.

—Eso no significa que vaya a venderte a Misty —le dijo a Nero.

—No creo que debamos preocuparnos por eso aún —repuso él tranquilamente.

Pero en algún momento tendría que preocuparse,

pensó ella. ¿Cómo iba a enfrentarse a Nero Caracas ella sola, sin nadie que la apoyara?

—No puedo abandonar mi trabajo —declaró con firmeza.

El príncipe se inclinó hacia delante mientras Nero ofrecía su solución.

—Enviaré un equipo para que se ocupe de tus compromisos pendientes.

¿Era ella la única que podía ver el brillo de ironía en sus ojos?

—Estaríamos juntos en esto, Bella —dijo el príncipe, visiblemente más aliviado—. Lo único que te pido es que compartas tu experiencia con nuestros amigos argentinos y los ayudes a levantar el mismo proyecto que has puesto en marcha en Inglaterra.

Todo sonaba muy razonable. Sin contar con lo útil que le sería el dinero y con las innegables ventajas que para sus cuadras supondría gozar del favor del príncipe.

—¿Y bien, Bella? —la acució el príncipe—. ¿Qué dices?

—¿Podría tener un poco de tiempo para pensarlo, señor?

El príncipe dudó.

—No demasiado —intervino Nero. Al parecer no le importaban lo más mínimo las reglas de etiqueta cuando se trataba de salirse con la suya.

Después de la cena estaba programado un recital en el salón azul, pero se les concedió unos minutos a los invitados para que se asearan un poco.

¿Asearse?, pensó Bella mientras se miraba el pelo en el espejo con marco dorado del ostentoso lavabo.

Su vida, controlada hasta el último detalle, se le estaba yendo rápidamente de las manos.

Echó un último vistazo al opulento aseo y abrió la puerta con más brusquedad de la necesaria... para chocarse con Nero. Soltó una exclamación de alarma y miró la mano fuerte y bronceada que Nero apoyaba en la pared, junto a su cara.

–Si me permites...

Él no se movió.

–He dicho...

–Ya he oído lo que has dicho.

–¿Pues te importaría dejarme pasar, por favor?

–¿Por qué tanta prisa, Bella?

–Tenemos que ir al recital.

Nero se puso a tararear y Bella levantó la mirada hacia la ventana. La luna los bañaba con el extraño resplandor azulado que atravesaba las vidrieras de colores, y creaba un efecto espectacular en la piel y los negros cabellos de Nero. Bella supuso que también ella debía de tener la cara azul y que su melena rojiza había adquirido un matiz verdoso.

–¿A qué venía tanta palabrería con el príncipe en la cena?

–No era palabrería, Bella.

–¿Ah, no? ¿Vas a decirme que no era una trampa para conseguir que te vendiera a Misty?

–El proyecto seguirá adelante con o sin tu ayuda.

Ataviado con su impecable traje en el más refinado de los escenarios, Nero Caracas parecía un ángel oscuro y peligroso.

–Le hiciste creer al príncipe que vendería a Misty y que voy a participar en tu proyecto.

–Eso no es ningún secreto –repuso él–. Dije que

pagaría el precio que pusieras. Dudo que encuentres a alguien que pueda superar mi oferta.

Ni su oferta, ni su aura ni su fuerza, pensó Bella mientras intentaba desesperadamente resistirse a su encanto. Era imposible estar tan cerca de Nero Caracas sin sentir algo.

—Ya te he dicho que Misty no está en venta.

—¿Y si el príncipe quiere comprarla?

Bella ahogó un gemido.

—No me digas que no lo habías pensado –continuó él–. ¿Qué harás si el príncipe quiere hacerse con tu yegua? ¿Te negarás a vendérsela? –le dio un momento para asimilarlo–. Quizá yo pueda ahorrarte el dilema... Después de todo, sabes tan bien como yo que Misty estaría mejor conmigo que con el príncipe.

Era cierto. El príncipe se había retirado del polo y apenas le daría uso a Misty. Con Nero, en cambio, Misty participaría en los torneos más prestigiosos del mundo.

—¿Tienes dudas? –la apremió Nero.

—No –mintió ella–. Pero me gustaría que tú tuvieras escrúpulos.

Nero se echó a reír.

—Me conmueve tu inocencia, Bella... No tengo escrúpulos en lo que se refiere al juego.

¿Qué juego?

Sin pensar en lo que hacía, lo agarró del brazo.

—No metas al príncipe en esto –le advirtió con vehemencia, pero se apresuró a soltarlo al sentir el calor y la fuerza de sus músculos bajo la mano.

Nero era un hombre experimentado. Para él todo era un juego, y si ella tenía algo de sentido común pondría toda la distancia posible entre los dos.

–Apártate –le ordenó, echando fuego por sus ojos verde esmeralda.

–Así que tengo razón... –murmuró él, echándose hacia atrás.

–¿Razón en qué?

–En que arde un fuego bajo tu coraza de hielo.

Bella tomó aire mientras Nero le acariciaba un mechón de pelo que se le había soltado.

–No presumas tanto de tu perspicacia. No te ha servido de mucho con Misty.

–Pareces muy segura de eso, Bella...

–Lo estoy –le temblaba la voz, pero de algún modo estaba disfrutando con aquel duelo. Nero la hacía sentirse viva.

–Tranquila, tranquila –murmuró él, como si le leyera el pensamiento.

Bella se mantuvo distante, pero seguían tan cerca el uno del otro que podía sentir el calor que despedía su cuerpo. Entonces se dio cuenta, con una mezcla de excitación e inquietud, de que también Nero estaba disfrutando con la situación...

Capítulo 3

EL PASILLO estaba en silencio, hasta que el ruido de un portazo los hizo girarse.

–Vaya por Dios –murmuró Nero–, parece que nos hemos perdido el recital.

–¿Qué dirá el príncipe? –preguntó Bella en tono desafiante.

Nero se limitó a responder. No parecía arrepentido en absoluto.

–Parece que tenemos problemas.

«Problemas» era decir poco, pensó Bella al prever la tormenta que se avecinaba.

Nero se apoyó de espaldas en la pared, junto a los criados que montaban guardia en silencio, y esperó a que acabara la música. En cuanto las puertas volvieron a abrirse el príncipe los hizo pasar.

A Bella se le pasó por la cabeza abandonar en aquel momento, mientras el príncipe comentaba lo feliz que lo hacía complacer a sus amistades. Se disponía a agradecérselo con una sonrisa cuando se dio cuenta de que el príncipe se refería a Nero.

–Como ya sabes, he aceptado ser el patrocinador del proyecto benéfico de Nero –le confesó a Bella–. Pero tengo tantos compromisos que atender que me gustaría que me representaras tú, Bella.

–¿Yo, señor?

–No se me ocurre nadie más cualificado. Eres la mejor adiestradora que conozco, Bella. Y cuando acabe la temporada de polo, ¿qué mejor forma de ocupar tu tiempo en enseñar a montar a los niños? Piensa en lo que podrías hacer en Argentina, Bella... tú y Nero –alternó la mirada entre ambos–. Aunque debo advertirte que cuando dejes atrás el hemisferio norte y te sumerjas de lleno en un mundo tan diferente al que estás acostumbrada, tal vez no quieras marcharte de allí. Las pasiones se dejan sentir con gran fuerza en las pampas, ¿no es cierto, Caracas?

–Así es, Alteza –afirmó Nero.

–Sé que disfrutará de la experiencia, Bella. Y si hicieras esto por mí, sería como si de algún modo yo también estuviera allí. Me temo que no puedo recurrir a nadie más de mi personal. Pero ¿quién conoce mejor a su yegua que tú? –añadió en tono persuasivo.

¿Cómo podía negarse sin ofender al príncipe? No había escapatoria posible.

–Sería un gran honor ayudarlo en todo lo que pueda, señor.

–Excelente. Me alegra que todo esté solucionado –dijo él con una amplia sonrisa–. Y ahora, si me disculpáis...

–Por supuesto, señor –al fin pudo mirar directamente a Nero, y la expresión que se encontró era justamente lo que se había esperado. Ojalá la suya le dejara claro a Nero que si hacía aquello era solo porque el príncipe se lo había pedido.

–Serás mi invitada, como es natural –le explicó él–. Trabajar y vivir en la pampa será muy distinto a lo que estás acostumbrada, pero estoy seguro de que llegará a gustarte con el tiempo.

¿Con el tiempo? Bella tragó saliva.

—No podré quedarme mucho tiempo...

—Pero sí el suficiente para poner en marcha el proyecto. Los niños te necesitan, Bella.

—Y también mis caballos. Tengo mis propias responsabilidades, Nero.

—¿Vas a romper la palabra que le has dado al príncipe?

—¿Ya habíais decidido este plan? ¿Mi aceptación era un simple formalismo?

Nero sonrió.

—Eres muy desconfiada, Bella.

—Tengo buenas razones para serlo, creo yo.

—Asumiré personalmente la responsabilidad de que tus establos sigan funcionando como hasta ahora. Como ya os he dicho a ti y al príncipe, enviaré a mi gente de confianza para que no tengas nada de qué preocuparte... ni siquiera en el aspecto económico.

¿Hablaba en serio? Bella lo había preparado todo para que las cuadras siguieran funcionando normalmente en caso de que cayera enferma o le ocurriera algo. Si elegía involucrarse en el proyecto argentino, su mayor preocupación sería trabajar tan cerca de Nero.

—He ganado el suficiente dinero para mantenerme, gracias. ¡No necesito tu ayuda!

—Estás haciendo honor a tu reputación, Bella –espetó él–. Realmente eres la hija de tu padre.

Bella se estremeció.

—¿Qué quieres decir?

—Eres incapaz de tomar una decisión y mantenerla.

—¿Cómo te atreves a...?

–¿A decir la verdad? –le clavó una mirada intensa y penetrante–. Si no tienes escrúpulos en faltar a tu palabra, Bella Wheeler, no sé si quiero que formes parte de mi equipo.

Bella guardó silencio. Nero la había manipulado, pero si se permitía perder el control y ensuciaba aún más el recuerdo de su padre jamás podría perdonárselo. De modo que respiró hondo y enterró su orgullo.

–¿Me das tu palabra de que mi trabajo en Inglaterra no se verá perjudicado?

–Sí –respondió él secamente.

–Y solo me quedaré en Argentina hasta que el proyecto esté en marcha.

–No se me ocurre ningún otro motivo para querer que prolongues tu estancia.

A Bella le ardió la sangre con indignación, pero consiguió sonreírle cortésmente al príncipe mientras Nero la acompañaba hacia la puerta.

–Todos ganamos con esto, Bella –insistió él–. Me sorprende que no lo veas.

–¿Cómo has llegado a esa conclusión?

–Serás la representante del príncipe. Le brindarás tu experiencia a mi proyecto. Y conservarás a tu yegua.

–A pesar de todas tus estratagemas, en ningún momento he temido que pudiera perder a Misty. ¿Qué ganas tú con esto?

–Tendré a Misty en mis establos y podré montarla... si me lo permites.

–¿Acaso necesitas mi permiso? –¿quién podría resistirse a ver al mejor jinete de polo montando el mejor poni del mundo?

–Y lo más importante, Bella, es que los niños serán los más beneficiados –dijo él, poniéndose serio.

Un argumento del todo irrefutable.

–Tu proyecto es la única razón por la que he aceptado ir a Argentina.

–Claro... –corroboró él–. ¿Qué otra razón podría tener una mujer respetable para visitar mi finca?

–No lo sé –respondió ella fríamente, y le sonrió al lacayo que les abría las puertas.

–¿Adónde vas ahora? –le preguntó Nero cuando el chófer detuvo el todoterreno al pie de los escalones.

–A las cuadras para echarles un último vistazo a los caballos.

–Yo también voy para allá. ¿Quieres que te lleve?

–Prefiero caminar, gracias.

–¿Con un vestido de noche?

–Hace una noche muy agradable y necesito tomar el aire.

–¿Estás segura?

–Lo estoy –la cabeza seguía dándole vueltas por lo que había hecho. Se había metido en la guarida del león por voluntad propia... y en la pampa argentina, nada menos. Realmente necesitaba aire fresco para despejarse.

–En ese caso, buenas noches –se despidió Nero con un brillo triunfal en la mirada–. Te veré mañana para ultimar los detalles del viaje.

La vida se había vuelto muy interesante de repente, pensó Nero mientras se alejaba del castillo. Se decía que Isabella Wheeler vivía en una torre de marfil a la que nadie había logrado acceder jamás, pero él había atisbado destellos de un fuego interno y descontrolado. Le recordaba a una de sus fogosas yeguas. Les costaba confiar en las personas y siempre daban problemas, pero eso era porque habían perdido la libertad de la pampa, algo que jamás olvidarían. ¿Qué había perdido Bella Wheeler para vivir en un tormento semejante? Se rumoreaba también que había algo misterioso en ella, y él lo había comprobado por sí mismo. Bella decía una cosa, pero sus ojos, los espejos de su alma, decían algo muy diferente. Ocultaba algo importante, y su actitud aparentemente controlada intrigaba a Nero casi tanto como lo irritaba su pulcra fachada artificial. Nunca había conocido a una mujer que se empeñara en dar la imagen más fría e inalcanzable posible, sin darse cuenta de que, paradójicamente, esa misma imagen la convertía en el premio más codiciado. Nero había visto las miradas de deseo que le lanzaban los hombres. También él la deseaba, y a juzgar por sus reacciones, tampoco ella era inmune a la atracción.

Él la deseaba y ella lo deseaba. Todo debería ser muy fácil, pero no lo era y Nero estaba decidido a averiguar la causa.

Tras comprobar que todo estaba en orden en las cuadras, Bella se ocupó de los mozos. Algunos eran muy jóvenes y se sentía responsable de ellos. Se enteró de que dos chicas no habían regresado a la pequeña pensión donde Bella les había alquilado sus habitaciones y salió a buscarlas. Sabía exactamente dónde encontrarlas. Después del partido de polo se había montado un club nocturno bajo una gran carpa en los jardines, decorada con cortinas de seda y fuentes al estilo de *Las mil y una noches*. En el centro se había instalado una pista de baile, y uno de los pinchadiscos más famosos del país se encargaba de mantener el ambiente hasta el amanecer.

La música que atronaba por los altavoces empezó a retumbar en sus oídos mucho antes de llegar a la carpa. Se encontraba muy lejos de su zona de seguridad. Había rechazado la invitación de las chicas para acompañarlas, alegando que era demasiado mayor y demasiado aburrida. Siempre evitaba mezclar el negocio con el placer, por mucho que a veces deseara divertirse un poco, pero tenía que asegurarse de que sus chicas estuvieran bien.

Un miembro del equipo de seguridad la reconoció y la hizo pasar por la entrada VIP. El ruido era ensordecedor y había tanta gente que le costó un buen rato localizar a las chicas. Para entonces ya la había abordado más de un hombre invitándola a bailar o a tomar una copa. Pero ella respondió que estaba allí por trabajo y no dio pie a más conversación.

En el interior de la carpa hacía un calor sofocante, en comparación al frío aire nocturno. Combinado con la agobiante falta de espacio, el ruido, las risas y gritos, el incesante ritmo de la música y los cegadores destellos de las lámparas, no era extraño que acabara desorientándose entre la abigarrada multitud. Pero no podía marcharse hasta haber hablado con las chicas.

—¡Bella! —exclamaron al verla.

Sin darse cuenta se había metido en la pista de baile.

–Te presento a...

No oyó el resto. Eran demasiados nombres y demasiadas caras nuevas. Sonrió e intentó seguir el ritmo de la música con unos tímidos movimientos. No había espacio para moverse y mucho menos para bailar. Y se sentía ridícula con su traje de noche entre tantas chicas jóvenes.

–¿Estaréis bien? –les preguntó, llevándose a las dos chicas aparte–. ¿Habéis hecho planes o queréis que os pida un taxi?

–Mi hermano está aquí –le explicó una de ellas, señalando con la cabeza a un joven alto y bien parecido–. No te preocupes, Bella. ¡Vamos! ¡A divertirse! –la agarró de la muñeca y la arrastró de nuevo hacia la pista de baile.

¿Por qué no?, se preguntó Bella mirando alrededor. Todo el mundo se lo estaba pasando muy bien, y un poco de baile no le haría ningún daño. Además, no quería ser una aguafiestas cuando realmente no había ningún motivo para preocuparse... a pesar del continuo escalofrío que le recorría la espalda.

–Vamos... no puedes irte. Acabas de llegar –insistieron las chicas mientras ella miraba con inquietud por encima del hombro. Ni siquiera sabía qué estaba buscando.

Las chicas formaron un círculo en torno a ella para que no pudiera escapar. De modo que se rindió y pronto estuvo bailando de nuevo. Todo el mundo levantó los brazos al aire y también ella lo hizo. Era muy divertido y estimulante. El pelo se le soltó y cayó sobre los hombros. Se lo echó hacia atrás y, por una vez, no intentó mantener la compostura. Estaba contenta de poder desinhibirse y abandonarse a la euforia del momento...

Hasta que todo se derrumbara.

De modo que allí era donde la señorita Rottenmeier se soltaba la melena... Al parecer, solo se comportaba como una estirada cuando estaba con él.

La multitud se abrió como las aguas del Mar Rojo cuando Nero avanzó con decisión hacia ella. Se detuvo en el centro de la pista, delante de la única persona que no lo había visto acercarse. La Doncella de Hielo daba vueltas con los ojos cerrados y los brazos hacia arriba, y contoneaba indecentemente las caderas al ritmo de la música mientras gritaba la obscena letra de la canción.

–¿Qué haces aquí? –le preguntó, tan solo por el placer de ver su reacción.

–¡Nero!

–Sí, el mismo. Ya veo por qué no quisiste que te llevara en coche.

Ella fingió que no lo entendía y siguió bailando, pero Nero no mostró clemencia y la estrechó entre sus brazos.

–¿Qué haces? –gritó, retorciéndose para intentar soltarse.

–Oh, lo siento –se disculpó él en tono burlón–. No sabía que habías venido para librar un duelo. Creía que solo estabas bailando.

Ella consiguió separar la parte inferior de su cuerpo.

–No lo entiendes.

–Yo creo que sí –replicó él, y volvió a tirar de ella al tiempo que la canción subida de tono daba paso a un tema más lento–. Lo entiendo muy bien.

—Quiero decir que no me entiendes —insistió ella, tan rígida como un poste—. Esto no es lo que parece.

—Es exactamente lo que parece.

—Solo he venido a...

—¿Ver cómo están los ponis? —le recordó él en un tono engañosamente suave.

—A ver cómo estaban mis chicas —declaró ella con vehemencia—. Y no es asunto tuyo lo que haga en mi tiempo libre.

—Aún no.

Las poderosas manos de Nero la agarraban por el brazo y la cintura, embotándole el pensamiento. Ya no era el impecable aristócrata con su traje a medida. Se había cambiado de ropa y con sus vaqueros descoloridos y ceñidos a sus fuertes piernas ofrecía un aspecto peligrosamente viril. La anchura de sus hombros era impresionante, así como el volumen de sus bíceps. Los negros mechones le caían sobre la frente y su barba incipiente parecía un feroz guerrero dispuesto a entrar en combate. Y a ella la había pillado desprevenida en mitad de un baile...

—¿Y a qué has venido tú? —le preguntó a su vez—. ¿Buscando un poco de distracción, Nero?

—Te estaba buscando a ti —respondió él—. Esperaba encontrarte en las cuadras para hablar de tu viaje, así que imagina mi sorpresa cuando uno de los mozos me dijo adónde habías ido —arqueó una ceja al tiempo que se pegaba más a ella—. No me lo habría perdido por nada... La Doncella de Hielo en una discoteca.

—¡Estaba bailando con mis amigas!

—¿En serio? —Nero miró a los hombres que contemplaban boquiabiertos a Bella. Seguro que ninguno la había visto antes bailando desinhibidamente en un club nocturno, en medio de un mar de cuerpos que se contoneaban bajo las luces de colores como si estuvieran en una orgía–. Pensaba que preferías dar un paseo al aire libre...

Le encantaba cómo se retorcía en sus brazos. Incluso llegó a apretar el puño, pero debió de pensárselo mejor y optó por relajarse en sus brazos.

—Eso está mejor –dijo él.

—No pienses que estoy bailando contigo porque quiera hacerlo.

—Claro que no –corroboró él. Solo había dos cosas que un hombre y una mujer podían hacer al mismo ritmo estando pegados, y bailar era una de ellas.

La situación no podría haber sido más humillante. Pillada in fraganti con los brazos en alto y agitando la cabeza en mitad de una canción obscena. ¿Cuántas veces se dejaba llevar por la excitación del momento?

Jamás.

La música se fue apagando lentamente y Bella esperó a que la soltara. Pero él no lo hizo.

¿Iba a besarla?

Nero la miraba como si fuera a hacerlo. Estaban los dos solos en el centro de una atestada pista de baile. Cerró los ojos y tomó aire. Nero agachó la cabeza...

La espera duró demasiado.

—Te veré mañana, Bella.

De repente se encontró sola en el centro de la pista, confusa y aturdida, rodeada por un montón de personas que la miraban fijamente.

Abandonó la pista lo más discretamente posible, en dirección contraria a la que había tomado Nero.

Estaba jugando con ella, y lo peor era que solo podía culparse a sí misma. Podría haber puesto fin a aquel encuentro en cualquier momento...

¿Por qué demonios no lo había hecho?

Capítulo 4

NERO la llamó a la mañana siguiente. Era muy temprano, pero Bella ya estaba en las cuadras. Y no porque hubiera pasado una noche en vela, sino porque aquella era su rutina de todos los días.

−¿Diga? −preguntó con la voz más tranquila que pudo. Responder al teléfono era más fácil que hablar con él en persona.

−El viaje −le recordó él con el mismo tono.

−Te escucho −dijo con gran alivio. No se habría sorprendido si Nero se hubiera marchado del país sin decir nada.

La conversación que siguió trató exclusivamente del viaje, siendo Nero el que llevaba el peso de la misma. Bella era una profesional muy respetada, pero Nero era un jugador de primera y poseía los mejores ponis del mundo, lo cual le confería el mando de la situación.

−Viajarás conmigo a Argentina. Los caballos llegarán más tarde, cuando esté todo preparado.

Antes de que ella pudiera preguntar si tendría que hacer algo, Nero le explicó que se detendrían en Buenos Aires antes de continuar hacia las pampas, y así Bella podría recuperarse del vuelo.

¿Qué entendería Nero por hacer una parada en

Buenos Aires? ¿Y por qué de repente le preocupaba a ella que no fuera a verlo en la ciudad? Las dudas no dejaron de acosarla mientras desayunaba con un grupo de chicas medio dormidas.

No había motivos para preocuparse de nada, se dijo a sí misma mientras pagaba la cuenta de la pensión. Era un viaje de negocios y no podía preguntarle a Nero cuáles eran sus intenciones... a menos que quisiera dar una imagen desesperada.

Mientras subía la escalerilla del avión privado de Nero, Bella se sentía como si estuviera dejando atrás la vida que conocía y adentrándose en un mundo que no podía ni imaginar.

Una azafata le enseñó el avión mientras Nero hablaba con el piloto en la cabina. El interior era tan cómodo y elegante como un hotel de lujo, con sillones de cuero y gruesas moquetas de color crema. La azafata le explicó que el señor Caracas tenía una suite privada, pero que Bella podía escoger la que quisiera de las otras cuatro que había a bordo. Sin darle a tiempo a asimilar la información, la informó de que el señor Caracas desayunaría con ella a la mañana siguiente, al ser un vuelo nocturno. Si mientras tanto necesitaba algo, solo tenía que llamarla.

¿La estaba evitando Nero? Pensó en la noche anterior y se encogió de vergüenza. No era propio de ella exponerse de aquel modo y convertirse en el centro de los cotilleos.

Pero no había hecho nada malo. Y no había motivos para no disfrutar de aquel lujo mientras pudiera. Su cabina era pequeña, pero tenía todo lo necesario para que el vuelo fuese lo más agradable posible. Le dio las gracias a la azafata y se juró que olvidaría la noche anterior para empezar desde cero. Viviría aquel pequeño y fascinante intervalo y luego volvería a su vida de siempre. Nero y ella seguirían sus respectivos caminos como si nunca se hubieran conocido.

A la mañana siguiente, tras pasar la noche dando vueltas en la cama, se duchó y se puso unos vaqueros y una camiseta de manga larga para ir a desayunar. Nero ya estaba sentado en la mesa. También él vestía con ropa informal, y el pelo húmedo sugería que acababa de ducharse. La saludó cortésmente y dejó el periódico, pero no dijo nada más. Sin duda sabía que ella había querido que la besara la noche anterior, y aunque no había cambiado de opinión sobre el proyecto sí que había cambiado su actitud hacia ella. Pero, por mucho que se hubiera formado una opinión equivocada sobre ella, Bella no quería justificarse por divertirse en su tiempo libre.

Nero observaba atentamente a Bella. Se había vestido de un modo discreto, sin maquillaje y con el pelo hacia atrás. ¿Acaso se creía que él iba a tener sexo con ella en el suelo del avión? Bella le había dejado el mensaje muy claro, como si él necesitara que se lo recordase o albergara el menor deseo.

El problema era que lo albergaba. Y cuanto más jugaba Bella con él, más la deseaba.

Bella no sabía qué esperarse cuando aterrizaron. Había pensado mucho en su destino y se había comprado todas las guías de viaje disponibles, pero apenas había averiguado nada del rancho de Nero y estaba impaciente por saber dónde vivía.

La primera sorpresa llegó con el aterrizaje. Viajar en un avión privado tenía más ventajas de las que pensaba, porque el control de pasaportes tuvo lugar dentro del aparato y un sedán negro los estaba esperando en la pista.

Lo primero que notó al salir del avión fue la temperatura, agradablemente cálida en comparación al frío londinense, el cielo sin nubes y el aroma a especias que impregnaba el aire argentino. Nero despidió al conductor y, tras abrirle la puerta a Bella, se sentó al volante él mismo. Ni siquiera tuvieron que detenerse en el puesto de control en la salida. La barrera se levantó rápidamente y un guardia los saludó al pasar como si fueran miembros de la realeza. Y, en cierto modo, Nero lo era, pensó Bella mientras lo miraba de reojo. El rey del polo estaba especialmente atractivo aquella mañana. Bella era consciente del riesgo que suponía abandonarse a la tentación, pero... ¿a quién no le gustaba tontear con el peligro de vez en cuando?

—¿No vas a abrocharte el cinturón?

Bella dio un respingo en el asiento cuando la voz de Nero la sacó de sus fantasías. Se abrochó el cinturón sin decir nada y se reprendió a sí misma. No estaba hecha para correr riesgos, como esas mujeres sofisticadas que frecuentaban los círculos de polo. A alguien como ella más le valía quedarse en las cuadras con los ponis.

Pronto estuvieron en la autopista, dirigiéndose velozmente hacia la ciudad. Era imposible relajarse en un espacio tan reducido con Nero a su lado. Él tan solo rompió el silencio para explicarle que le había reservado una habitación en un hotel del centro.

–Gracias –dijo ella, y los dos volvieron a quedarse callados. Nero no quería hablar y ella no tenía la menor idea de cómo iniciar una conversación.

¿Cómo sería trabajar para él? Con Nero solo había una manera de hacer las cosas: a la suya. Exactamente igual que ella cuando se trataba de trabajar con caballos...

Todas sus preocupaciones personales se esfumaron al atravesar los miserables suburbios de la capital. No era extraño que Nero quisiera compartir su fortuna con los niños que malvivían en aquellas chabolas.

–Esto se conoce como Villa 31 –dijo él al advertir su interés–. Es un barrio marginal con más de setenta años y aún sigue creciendo. Pero de nada sirve lamentarse... Hay que hacer algo.

Mantuvo la vista al frente con los ojos entornados, pero Bella supo que estaba viendo mucho más que la carretera.

Ya estaba oscureciendo cuando llegaron al centro. La otra cara de la moneda, pensó Bella mientras contemplaba los elegantes edificios de la emblemática urbe argentina. Por algo se conocía a Buenos Aires como la París de Sudamérica. Los últimos rayos del crepúsculo teñían los edificios de un hermoso tono rosado, pero a medida que la oscuridad ganaba terreno a Bella le daba la sensación de que Nero se hacía más fuerte y poderoso, como una criatura nocturna. El regreso a su tierra natal le insuflaba nuevas energías, y también Bella se sintió contagiada de aquella pasión. Nunca se había sentido tan emocionada ante lo desconocido.

Nero se había internado en el tráfico que circulaba por una amplia avenida de doce carriles con un imponente monumento al fondo.

–El Obelisco –explicó con un brillo en los ojos–. Se erigió para conmemorar el cuarto centenario de la fundación de la ciudad. Hay mucho que ver por aquí, Bella –su mirada le provocó un escalofrío–. Descubrirás que Argentina es un país de fuertes contrastes y grandes pasiones.

Bella no lo dudaba, pero el orgullo que expresaba la voz de Nero hizo que lo envidiara por su profunda vinculación con su tierra. Si pudieran empezar de nuevo y olvidar sus diferencias, podría descubrir de su mano la belleza y diversidad de aquel fascinante país.

–Todo está hecho a lo grande –comentó, fijándose en una especie de *château* francés como los que se encontraban en el valle del Loira.

–Es la embajada francesa. Un magnífico ejemplo de la Belle Époque, ¿no te parece?

Bella asintió, aliviada por estar hablando de un tema seguro.

–Se construyó en la edad dorada, antes de la Primera Guerra Mundial, cuando el mundo aún era inocente.

–Parece que este es su lugar...

–Donde nada es inocente.

Los dos se quedaron en silencio mientras dejaban atrás el centro y se internaban en un barrio mucho más pintoresco.

–Pensé que te gustarían las calles adoquinadas y el ambiente bohemio.

¿Le estaría tomando el pelo? Difícil saberlo con Nero. Lo que estaba claro era que le había buscado un hotel a la Doncella de Hielo en la zona más caliente de la ciudad. Las calles eran estrechas y estaban llenas de gente, bares, clubes y pequeños comercios.

–Ya hemos llegado –Nero detuvo el vehículo frente a un pequeño y elegante hotel–. He elegido este hotel porque está lo bastante lejos del bullicio para que puedas dormir, pero lo bastante cerca para que puedas conocer los alrededores... si quieres –añadió con un toque de ironía.

–Voy a caer rendida en la cama –respondió ella, apartando la mirada–. Gracias por traerme.

Nero la detuvo cuando se disponía a abrir la puerta.

–Permíteme –le dijo, mirándola fijamente a los ojos.

Aquella intensa y penetrante mirada latina... ¿Cuándo aprendería a resistirla?, se preguntó mientras Nero rodeaba el coche para abrirle la puerta.

Estaba en un país extranjero con un hombre al que apenas conocía. Era lógico que se sintiera vulnerable, pero en cuanto estuviera trabajando con sus caballos en el rancho de Nero volvería a sentirse cómoda.

Permaneció unos instantes sobre los adoquines, aspirando el olor a gardenia y oyendo la música que sonaba a lo lejos. El Buenos Aires real era aún más mágico del que se había imaginado. Y... ¿de verdad había una pareja bailando en la calle?

–Tango.... el alma de Buenos Aires –le dijo Nero.

A Bella casi se le salió el corazón del pecho. Ni siquiera se había percatado de que Nero estaba casi pegado a ella. Se apartó rápidamente y se dijo que tendría que estar alerta durante todo el viaje. Se encontraba al inicio de su aventura argentina, y la experiencia prometía ser tan excitante y sorprendente como el país natal de Nero.

Capítulo 5

DECIDIDA a mantener la compostura, Bella miró fijamente la entrada del hotel mientras subía los escalones. La puerta de madera barnizada estaba decorada con hierro forjado, muy propio de aquel barrio bohemio con sus calles empedradas, sus edificios de estilo colonial y su tango callejero.

Ahogó un gemido cuando Nero la retuvo.

–¿No quieres ver un poco a los bailarines?

La noche avanzaba con rapidez y alargaba las sombras de la pareja. Bailaban a la luz de la farola con una desinhibición total, para nadie en particular, salvo para ellos mismos. Envueltos con un aura de erotismo, libraban un duelo de miradas y movimientos que acababa en una sinuosa reconciliación.

El tango era la danza del amor...

–Aquí cerca hay un salón de baile bastante famoso al que va la gente para bailar tango –la explicación de Nero la devolvió a la realidad–. Esa pareja debe de estar ensayando para su actuación de esta noche.

–Me encantaría verlos bailar –murmuró Bella, impresionada por la habilidad que demostraban. La mujer descansaba sobre el brazo del hombre y el pelo casi rozaba el suelo. Era esbelta y ágil, e iba vestida para una noche de baile que Bella no podía ni imaginar, con altos tacones y un vestido negro de seda que se ceñía a su cuerpo, moreno y bien torneado.

El hombre era más alto, pero igualmente esbelto. Guiaba a su pareja de un modo que parecía no tolerar resistencia, hasta que la mujer lo rodeó con las piernas para demostrar que una mujer segura de sí misma podía dominar a cualquier hombre.

No como ella, pensó Bella, y desde luego no con el hombre que tenía al lado. Se dio la vuelta y siguió al botones al interior del hotel.

—¿Quieres ir más tarde?

Se detuvo en seco, desconcertada por la pregunta de Nero.

—¿Perdona? —seguramente no lo había oído bien.

—¿Estás demasiado cansada para salir esta noche?

¿La estaba invitando a acompañarlo al salón de baile?

El tono provocativamente burlón de Nero le provocaba escalofríos por la espalda. Pero ¿acaso no era eso lo que ella quería? Anhelaba ver algo de Buenos Aires mientras tuviera la ocasión, y Nero había dicho que el tango era el alma de la ciudad.

—Mientras no tenga que bailar... —dijo, contenta de poder imponer una condición.

—Tranquila —repuso él con ironía—. Ya te he visto bailar. Te recogeré a las diez.

Volvió a subirse al coche y se alejó, dejando a Bella sumisa en la duda y la inquietud.

Una cosa estaba clara, y era que no estaba acostumbrada a aquel juego tan sofisticado.

En su habitación, bajo el retrato de una sonriente y glamurosa Eva Perón, Bella comprobó con gran pesar que sus problemas no dejaban de crecer. Había metido en la maleta tres conjuntos de equitación, un bañador pasado de moda que cubría más de lo que enseñaba, un pareo a juego, unos pantalones cortos, ropa de trabajo, vaqueros, zapatillas deportivas, botas, un montón de camisetas, ropa interior y un par de jerseys. En el último minuto había añadido una falda de tubo, unos zapatos de tacón grueso, una blusa y una chaqueta, por si tenía que asistir a alguna reunión de negocios. No era lo más apropiado para bailar el tango.

Pero ella no iba a bailar, se recordó con firmeza mientras recordaba lo que había sentido en brazos de Nero. Aquello era un viaje de negocios con su jefe, de modo que la falda de tubo sería perfecta. Se recogió modestamente el pelo, respiró hondo para intentar calmarse y se echó un último vistazo en el espejo antes de salir de la habitación.

Nero estaba apoyado en la pared, al pie de los escalones, firmando autógrafos a una legión de admiradores. Al verlo Bella se sintió fuera de lugar, pero dio gracias por su ropa. Así no había peligro de que nadie la tomase por una de las amiguitas de Nero. Podría incluso llegar a la puerta sin que nadie advirtiera su presencia...

–¿Bella?

Error. Nero había aparecido de repente a su lado. Seguía rodeado por sus fans, pero tan solo tuvo que pronunciar unas pocas palabras en su lengua materna para que lo dejaran en paz.

–¿Qué les has dicho? –quiso saber Bella, impresionada.

–Que estás aquí para aprender a bailar –se encogió de hombros en un típico gesto latino–. Les he explicado que vienes de un sitio donde apenas se baila y que es mi misión enseñarte. Lo han entendido perfectamente.

Seguro que sí, pensó Bella. Adoptó una expresión profesional que ojalá fuera convincente y pasó junto a Nero mientras él le sostenía la puerta. Aquella noche no podía correr el menor riesgo.

El club de tango estaba situado en el último piso de un viejo edificio. Era muy grande y estaba bastante deteriorado, pero la gente no iba allí para admirar la arquitectura. Los arrastraba la excitante música que salía por una puerta abierta.

Bella no tardó en descubrir que el ático había sido transformado por completo en un salón de baile. Hacía bastante calor y la luz de las velas le conferían a la estancia un sensual contraste de sombras y tonos dorados. El olor a cera derretida se mezclaba con el perfume de los cuerpos y con algo mucho más embriagador... Un olor que Bella se negó a identificar con la emoción y mucho menos con la pasión.

Sillas de madera rodeaban mesas cubiertas con manteles blancos y rojos, aunque nadie parecía estar comiendo. Todos los presentes estaban atentos a la pareja que se disponía a empezar la actuación. Un camarero les encontró rápidamente una mesa libre, y Nero le dijo algo en español antes de retirarle la silla a Bella.

La pareja que iba a bailar parecía ser la que todo el mundo estaba esperando. Pero aquello no era un espectáculo ostentoso y deslumbrante como los que Bella había visto en la televisión, sino algo mucho más apasionado, sensual y erótico. En cuanto el acordeonista empezó a tocar, se vio arrastrada a otra dimensión. Los dos bailarines se sostenían la mirada mientras se movían con una calma felina al ritmo de la música, pero de repente adquirían fuerza y agresividad con un taconeo o un giro dramático. Y a medida que llegaban al punto culminante, Bella comprendió que era aquel cambio de la pasión dormida a la lucha feroz y de nuevo a la suavidad y la reconciliación lo que los espectadores habían ido a ver. La mujer se entregaba y recibía por igual, alejando a su pareja con una mirada fulminante para que él volviera a la carga. Así podría ser su vida, pensó Bella mientras descansaba la barbilla en la mano. Pasar de una seguridad insulsa y mediocre al ataque y el peligro...

Tuvo un pequeño sobresalto cuando Nero le preguntó qué quería beber.

–Agua, por favor –no se fiaba de sí misma para beber algo más fuerte.

¿Hasta qué puntó se había alejado de su zona de seguridad?, pensó mientras el baile se animaba. Si había aprendido algo ya en Argentina, era que el tango representaba verticalmente el deseo horizontal. Habría preferido algo más seguro para la primera salida con su jefe.

Su jefe... Llevaba unos pantalones negros con un cinturón de cuero, unos lustrosos zapatos también negros y una camisa blanca. Bella se dio cuenta, con una punzada de pánico, de que iba vestido para bailar.

–¿Bailas? –le preguntó con un hilo de voz cuando acabó la exhibición de la pareja y los aplausos.

–Me encanta bailar –respondió él–. Y todo lo que obliga a usar el cuerpo.

Bella tragó saliva cuando una hermosa joven se

dirigió hacia ellos. ¿Cómo podía competir con algo así? ¿Por eso la había llevado Nero a aquel lugar? ¿Para humillarla? ¿Sería su venganza por no venderle a Misty?

Estaba agarrando el vaso con tanta fuerza que lo haría añicos si no tenía cuidado. Pero entonces se apoderó de ella una sensación tan fuerte que se puso en pie de un salto y se olvidó de toda prudencia.

–Voy a bailar –declaró en voz alta y clara.

La gente, incluida la despampanante joven, se la quedó mirando como si estuviera loca. Qué imagen debía de dar con su ropa de oficina cuando todo el mundo iba vestido... no para ir al trabajo precisamente.

–¿Bella?

Nero le estaba tendiendo la mano, alto e imponente. La música sonaba con una cadencia irresistible. Bella se examinó rápidamente. La falda tenía un corte en la parte trasera y cubría todo lo que debía estar cubierto.

Solo era un juego. No había ido a Argentina a acurrucarse en un rincón oscuro. Adoptó la típica expresión altanera de una bailarina de tango y desafío a Nero con un ligero movimiento de cabeza para que la siguiera a la pista de baile.

–¿Estás segura?

–Totalmente –susurró en un tono sensual y delicioso al oído.

No estaba segura de nada. Incluso se cuestionaba su propia cordura. Pero en la escuela había despuntado en las clases de danza tradicional escocesa.

–En ese caso...

Tiró de ella hacia él, más imponente y amenazador que nunca. Bella levantó un poco más el rostro para responder a los tímidos aplausos.

–Será mejor que guíes tú –le dijo a Nero.

–Por supuesto que guiaré yo.

–Y despacio, por favor.

–Así lo haré –le prometió en tono divertido.

En cuanto sus manos se tocaron se abrió ante ella un nuevo universo de sensaciones, pero se dijo a sí misma que pronto pasaría. Solo iba a bailar con él. ¿Qué era lo peor que podía pasar? Que hiciera el ridículo delante de toda aquella gente. Algo le dijo, sin embargo, que Nero no permitiría que eso ocurriera. Y por una vez en su vida quería intentar algo que admiraba de los demás.

–Tengo que concentrarme en no pisarte –dijo mientras esperaban a que comenzara la música.

–Relájate –le murmuró Nero–. Piensa que eres un poni al que estoy domando.

¿Qué?

–Prefiero pensar que soy una mujer y que tú eres un hombre que me está enseñando un baile completamente desconocido para mí.

–Al contrario... Creo que este baile te resultará muy familiar.

Bella tragó saliva. Debía de ser la única persona en el salón que no conocía la danza del amor. Pero ¿cómo resistirse a la mano que Nero le colocaba sobre el trasero o a la insistente presión de su muslo? Sabía ser muy persuasivo sin ser descarado, y aunque ella no hacía nada atrevido, como introducir una pierna entre las suyas, se estaba moviendo al ritmo de la música. El control de Nero era total, pero tan ligero y sutil que a Bella le costaba entender cómo podían responderle los caballos. ¿Habría algo de malo en desear un poco más de presión? ¿Cómo era posible que Nero fuese tan sensible, tuviera tanto sentido del ritmo y supiera lo que a ella más le gustaba?

—Bailas muy bien —la alabó él mientras la gente aplaudía su primer intento—. Tienes un don natural.

Solo gracias a él, pensó ella.

—Y ahora vamos a probar a poner un poco más de pasión... Mírame, Bella. Mírame como si me odiaras con toda tu alma.

Al menos había algo fácil.

—Muy bien... Ahora suaviza un poco la expresión... Sedúceme.

Eso también podría hacerlo, pero no demasiado. Un simple roce de Nero le provocaba una descarga eléctrica por todo el cuerpo. Arqueó una ceja y miró a Nero bajo sus largas pestañas. Elevó la caja torácica y adoptó una pose más dramática, lo que arrancó otra pequeña ronda de aplausos.

—Tranquila —le murmuró Nero al oído cuando ella intentó guiarlo—. Es tu primera lección.

—Pues tendré que recibir muchas más —dijo ella, sintiéndose más segura e invencible mientras otras parejas se unían a ellos en la pista de baile.

O quizá la palabra exacta fuera «invisible»... Empezaba a pensar que saber bailar tango era un requisito para vivir en Argentina.

—Visto lo visto esta noche, voy a necesitarlas —admitió.

—Y que lo digas —afirmó Nero—. Me aseguraré de encontrar a alguien que te enseñe.

Bella se puso muy rígida e intentó apartarse, pero Nero se lo impidió y ella dejó de resistirse. ¿Por qué hacerlo si Nero se movía de manera deliberadamente lenta para que a ella no le costase seguirlo? En ningún momento le hizo sentir que estuviera burlándose de ella o que pretendiera pasar del baile a algo más íntimo y peligroso. Mantenía una distancia prudente entre ambos y, aunque a mucha gente el tango le resultara tan embriagador como el sexo, Bella se dio cuenta de que era la promesa del sexo más que el acto en sí mismo. Y eso era enormemente tentador para una mujer a la que no le gustaba reconocer su falta de experiencia. A diferencia de los saltos y sacudidas bajo la carpa de los jardines reales, aquel baile era un arte.

Al acabar la música, Nero la soltó y la condujo de vuelta a la mesa.

–Estás llena de sorpresas, Bella Wheeler –le dijo, mirándola con ojos entornados. Levantó la mano y llamó al camarero.

–Para mí solo agua, por favor –dijo ella. Albergaba más secretos de los que Nero podía imaginar, y si no quería que los descubriera tendría que mantener la mente despejada mientras estuviera en Argentina.

Capítulo 6

MANTENER la mente despejada suponía irse temprano a la cama. Nero la dejó en la puerta del hotel y le deseó buenas noches con un breve asentimiento de cabeza. A la mañana siguiente, Bella se obligó a sacárselo de la cabeza y se dispuso a explorar la ciudad.

A pesar de ser domingo, el tráfico seguía siendo tan denso como a su llegada, pero Bella agradeció el ruido y el ajetreo de un nuevo día. Era la mejor presentación de una ciudad tan fascinante como Buenos Aires. Y de ningún modo iba a quedarse encerrada en el hotel, preguntándose qué estaría haciendo Nero. Le había dicho que la recogería a las once para llevarla a su rancho, y a ella le daba igual lo que hiciera o dónde estuviera hasta entonces.

Mentirosa, se reprendió a sí misma mientras salía del hotel. Pero estaba decidida a aprovechar su corta estancia en una de las ciudades más interesantes del mundo. El personal del hotel le había asegurado que Buenos Aires rezumaba encanto y personalidad por todos sus rincones. Allá donde fuera encontraría porteños, como se conocía a los habitantes de Buenos Aires, bailando tango en las calles.

No tuvo que andar mucho para descubrir una pequeña plaza al final de la calle, donde se había instalado una improvisada pista de baile con unos tablones sobre los adoquines. El sol calentaba con fuerza y el cielo era de un azul radiante, y Bella se unió al grupo de espectadores. El escenario estaba rodeado por coloridos jardines y la fuente central ofrecía un agradable sonido de fondo. Una pequeña iglesia de estilo rococó con torres que se asemejaban a higos maduros completaba la pintoresca imagen. Estaba realmente en América Latina, pensó con gran excitación. Se protegió los ojos con la mano y se quedó tan ensimismada con la música y el baile que no se dio cuenta de que alguien se le había acercado por detrás.

—Qué fácil sería quitarte esto —le murmuró una voz de hombre al oído.

—¡Nero! —el corazón le dio un vuelco. Imposible conservar la compostura... y menos cuando Nero le mostró la cartera que le había extraído del bolso.

—Llevabas el bolso abierto —le dijo en tono de reproche—. Has tenido suerte de que en el hotel me dijeran dónde podía encontrarte. ¿Lo tienes todo preparado para marcharnos?

—Claro —de un segundo a otro pasó de ser una turista alegre y despreocupada a una torpe y tímida empleada.

Tenía que volver a ser la mujer profesional y resuelta que había ido a Argentina con el único propósito de servir al príncipe. Tendió la mano y Nero le entregó la cartera, que ella volvió a meter en el bolso.

—¿Haces esto por costumbre?

—¿Y tú tienes la costumbre de dejar el sentido común en casa cuando sales de viaje? —replicó él.

Se miraron el uno al otro. El baile había empezado entre ellos sin necesidad de dar un solo paso, pensó Bella con ironía.

–¿Vamos? –preguntó, apartando la vista.

–Vamos.

Bella echó a andar hacia el hotel. No había acento más sexy que el argentino, decidió mientras aceleraba el paso. Por muy recatada que intentara ser, no podía resistirse al encanto y la pasión que se respiraban en Buenos Aires.

–Llevas el tango en la sangre –comentó Nero cuando llegaron al hotel.

Pues tendría que procurar que no se le subiera a la cabeza...

–Le diré al botones que saque mi equipaje. Lo dejé en recepción antes de salir.

–Tu equipaje ya está en el aeropuerto.

–¿Cómo? –a Bella se le secó la garganta. ¿Nero la enviaba de vuelta a casa? ¿Ya no requería de sus servicios?

–Espero que no te importe ser mi única pasajera.

Bella lo miró boquiabierta.

–En el avión –añadió él.

–¿Vas a volar hasta tu rancho en avión?

–Sí. ¿Algún problema?

–No, claro que no –tener una flota de aviones privados era lo más normal del mundo...

La cabina del avión ejecutivo de Nero era tan pequeña que Bella se vio obligada a sentarse casi pegada a Nero. Podría haber ocupado uno de los cómodos asientos de cuero en la parte posterior, pero no pudo resistir la tentación infantil de sentarse junto al piloto.

Y saborear un poco de ese peligro que cada vez le gustaba más...

Nero comprobó que tuviera bien abrochado el cinturón y la ayudó a ajustarse los auriculares. Le dedicó una sonrisa y ella se giró rápidamente hacia la ventanilla, temerosa de que su expresión la delatara. Estaba tan excitada que apenas podía respirar, y no solo por el hecho de que Nero fuera a pilotar un avión.

–No tienes por qué estar nerviosa –le dijo él cuando terminó de revisar los aparatos.

–No estoy nerviosa –protestó ella, intentando relajarse en el asiento.

¿A quién pretendía engañar? El corazón le latía tan fuerte que se le iba a salir por la boca. Estar tan cerca de él ya la hacía temblar, y volar en un avión privado a un rancho perdido en mitad de la pampa tampoco la ayudaba a tranquilizarse.

–Tranquila, Bella. Yo cuidaré de ti.

Aquello era precisamente lo que más la inquietaba.

–Lo que me pasa es que me gusta tener el control –le confesó mientras Nero esperaba el permiso para despegar–. No estoy hecha para ocupar el asiento del copiloto.

–Pues yo sí –le aseguró Nero. Entonces recibió el permiso de la torre de control y puso el aparato en marcha para enfilar la pista. En cuestión de segundos estaban elevándose hacia el cielo.

No había vuelta atrás, pensó Bella al atravesar el primer banco de nubes.

Al cabo de un par de horas, las nubes se abrieron para revelar un paisaje completamente distinto a los rascacielos de Buenos Aires. La pista privada de

Nero era poco más que una estrecha franja de tierra que atravesaba una vasta extensión verde, rojiza y dorada que se perdía en el horizonte, donde las escarpadas montañas se elevaban entre la niebla.

Las pampas. A Bella se le aceleraron los latidos con una mezcla de excitación y miedo ante la perspectiva de montar y vivir allí, en medio de la Naturaleza...

—Espera a respirar el aire —murmuró Nero.

Un aire limpio tan embriagador como el vino más selecto, se imaginó Bella.

—Si miras a tu derecha verás el rancho —le dijo mientras ladeaba bruscamente el aparato.

Bella ahogó un gemido al sentir la fuerza de la gravedad.

—¿Ahora sí estás nerviosa? —le preguntó él con una pícara sonrisa.

—En absoluto —mintió ella mientras el avión volvía a enderezarse.

—Tendrás que controlar los nervios mientras trabajes aquí. La vida en la pampa es muy dura, Bella.

—No estoy aquí para descansar, sino para hacer el mejor trabajo posible —declaró ella honestamente, mirando los centenares de caballos que se veían abajo.

—Este año han nacido muchos potros.

—Increíble —murmuró ella. Todo el mundo sabía que Nero era un hombre muy rico, pero aquellas instalaciones eran realmente impresionantes.

—Sobrevolaré la casa antes de aterrizar.

Bella sintió una sacudida en el estómago cuando el avión comenzó a descender. La casa era un elegante edificio de estilo colonial, tan grande como un pequeño pueblo, y al acercarse podían verse las terrazas y un jardín que más bien parecía un parque. Había un campo de polo junto a los huertos, provisto de gradas y de un club, y en el patio central del edificio principal había una fuente que arrojaba refulgentes chorros al aire. Detrás de la casa había un lago de aguas brillantes con una fabulosa playa de arena y una... no, dos piscinas.

–Una es para los caballos –dijo Nero al seguir la dirección de su mirada–. La usamos para los ejercicios y los tratamientos especiales, aunque normalmente preferimos montar en el lago.

Bella no pudo contener una exclamación de asombro. ¿En qué había estado pensando al aceptar aquel encargo? En aquel rancho estaría tan aislada como si hubiera naufragado en una isla desierta.

Nero aterrizó con suavidad, apagó los motores y Bella pudo finalmente abandonarse al entusiasmo.

–¡Dios mío! –exclamó, contemplando la interminable extensión de hierba–. Me muero por salir ahí y oler el aire.

–Y sentir el sol y montar los caballos –añadió Nero con un entusiasmo similar–. Es precioso, ¿verdad?

La puerta del avión se abrió y una ráfaga de aire cálido y fragante saludó a Bella. Estaba tan excitada que ni siquiera se soltó de la mano de Nero para bajar la escalerilla. Se sentía como un poni salvaje y, por unos breves instantes, se alegraba de la reconfortante presencia de Nero. El viento le agitaba los cabellos y el suelo era duro y polvoriento bajo sus pies, pero desde el primer momento sintió que era bienvenida.

–Este es Ignacio –Nero le presentó a un anciano que esperaba junto a un vehículo para llevarlos al rancho–. El encargado del rancho y mi mano derecha.

Estaba de verdad en las pampas, pensó Bella mientras estrechaba la mano del hombre. Llevaba un sombrero de ala ancha, un pañuelo rojo y unos pantalones anchos provistos de zahones de cuero para proteger las piernas al montar.

–Bienvenida a la Estancia Caracas –le dijo con un fuerte acento hispano, inclinándose sobre la mano de Bella.

–Buenas tardes... –lo saludó ella en español.

–Hemos oído hablar muy bien de su trabajo con los caballos ingleses –añadió Ignacio cortésmente. Tenía el rostro curtido y lleno de arrugas, pero sus ojos negros brillaban de simpatía y vitalidad.

–Es un placer conocerlo, Ignacio... Mucho gusto –añadió en español.

Ignacio emitió un gruñido agradecido por los torpes intentos de Bella por comunicarse en su lengua, y dijo algo rápidamente en español que arrancó un simple murmullo de Nero.

Estuviera Nero complacido o no por el esfuerzo de Bella, lo cierto era que había hecho un amigo. Los amables ojos del gaucho así se lo confirmaban mientras la invitaba a subirse al vehículo.

El trayecto fue corto y lleno de baches, pero a Bella todo le parecía apasionante. Ignacio le señaló la bandada de patos que volaban en formación y Nero vio una de las liebres gigantes de las pampas.

–Mira, Bella –le indicó, agarrándola del brazo.

Todo era espectacular, pero el contacto de Nero superaba cualquier otra cosa. Tuvo que hacer un enorme esfuerzo para seguir mirando por la ventanilla.

Entraron en la finca por una entrada en forma de arco que a Bella le recordó a las películas del Oeste, donde las puertas parecían grandes e imponentes en medio de un paraje agreste. Un largo camino conducía hasta la hacienda... más grande y en mejor estado de lo que parecía posible en aquella región remota.

–Cielos –murmuró Bella cuando Ignacio detuvo el coche en un patio empedrado del tamaño de un campo de fútbol.

Se detuvo un momento al bajar del vehículo. La brisa agitaba las hojas de los eucaliptos y las flores que llenaban el patio, y el único sonido era el lejano relincho de un caballo.

–Debe de resultarte muy duro irte de aquí.

–Tan duro como maravilloso es el regreso –corroboró Nero–. ¿Entramos?

Las paredes de la hacienda estaban pintadas de terracota, mientras que los adoquines del suelo eran de rojo dorado. Todo parecía cálido y acogedor bajo el cielo azul cobalto.

–¿No es lo que esperabas? –le preguntó Nero mientras ella acariciaba maravillada las flores de un parterre.

–No –admitió–. En realidad, no sabía qué esperar.

–¿Qué te parece?

–Que eres un maestro en encontrar la armonía con tu entorno –le dijo con toda sinceridad.

Nero pareció satisfecho con la respuesta y le presentó a María, la cocinera y ama de llaves, y a Concepción, la hermana de María. Las dos mujeres mayores estaban encantadas de verlo, por lo que debía de haber sido un niño adorable.

Tal vez estaba siendo un poco injusta con él...

El vestíbulo tenía el suelo de mármol, cubierto con alfombras de color canela. Las paredes, pintadas de color crema, estaban llenas de espejos antiguos y fotos. Seguramente serían reliquias familiares, salvo un cuadro más moderno de un caballo salvaje.

–¿Te gusta? –le preguntó Nero al detectar su interés.

–Me encanta –Gadamus era un pintor americano famoso por su estilo libre y desenfadado con el aerógrafo... Igual que su vida en esos momentos.

–¿Qué te gusta del cuadro?

–Su realismo brutal.

–¿Te seduce el riesgo y el peligro?

–Eso parece.

–Será mejor que no hagamos esperar a María y a Concepción –dijo él con una reverencia burlona.

Se entendían perfectamente, pensó Bella. Pero la ilusión de saber manejar a Nero se esfumó por completo en cuanto él la agarró del brazo y le sostuvo la puerta para pasar a un patio interior.

Bella se quedó sin aire unos instantes, pero se recuperó rápidamente al absorber la belleza y la tranquilidad del patio, donde solo se oían el agua de la fuente y el canto de los pájaros. El aire estaba impregnado con la fragancia de las flores, lo que le recordó a Bella que la Navidad en Argentina era muy distinta a la misma estación en Inglaterra.

–Tienes una casa muy bonita, Nero.

El interior continuó sorprendiéndola. Había un gran recibidor con una amplia escalera y todas las habitaciones tenían vistas al lago que habían sobrevolado. Desde las ventanas de las salas y salones podían verse, además, los hermosos jardines y las montañas nevadas a lo lejos.

–¿Qué te parece? –le preguntó Nero.

–Nunca había visto nada igual –admitió ella–. Pero estoy aquí para trabajar.

–Naturalmente –abrió una puerta para mostrarle una habitación más pequeña, forrada de madera–. Este es mi estudio. Pero has de sentirte como si estuvieras en tu casa.

Bella sonrió con incredulidad. Para sentirse como en casa necesitaría quedarse bastante más tiempo del que tenía previsto.

–No sé cómo puedes irte de aquí –exclamó sin pensar.

–Eso lo dices porque aún no has visto mi casa de Buenos Aires –repuso él.

No, no la había visto. Ni era probable que la viese alguna vez.

Capítulo 7

DEBES de tener hambre –dijo Nero mientras se dirigía hacia la cocina–. Yo sí que la tengo. Sus labios se apretaban de un modo tan sensual que Bella lo habría seguido a cualquier parte.

La cocina ocupaba un gran espacio de la planta baja y era otra maravilla del diseño. Los modernos electrodomésticos se combinaban con bancos de madera y equipos de equitación. Y, a juzgar por las botas, los guantes y el casco de polo que había en una pequeña mesa lateral, la cocina debía de ser el corazón de la casa y el lugar favorito de Nero.

–Huele bien –dijo, aspirando con deleite el aroma del pan recién hecho, el café molido y el caldo que hervía en una cazuela. La boca se le hacía agua cuando María y Concepción los invitaron a sentarse.

–¿No quieres que María te enseñe antes tu habitación? Así podrás asearte un poco antes de comer –le sugirió Nero–. Baja cuando estés lista, y después de comer te llevaré a dar una vuelta por los establos.

–Perfecto. Aunque podría alojarme sin problemas en el barracón.

–¿El barracón? –Nero arqueó una ceja–. No creo que a los gauchos les hiciera demasiada gracia. ¿Y cómo voy a negarles a María y a Concepción el placer de tu radiante compañía?

¿De verdad daba la imagen de una vieja y rígida ama de llaves? Al parecer sí. ¿Cómo iba a relajarse sin darle a Nero una impresión equivocada?

Su habitación era muy bonita, exquisitamente femenina y perfumada con el olor de las flores frescas. En casa jamás se habría permitido abusar tanto de las flores y adornos.

No se había dado cuenta del hambre que tenía hasta que María le puso la comida por delante. La devoró con avidez y se recostó en la silla con un suspiro de satisfacción.

–¿Señorita Wheeler? –le dijo Nero en tono formal mientras se ponía en pie–. ¿Le gustaría visitar las cuadras?

–Gracias, señor Caracas –le respondió con una sonrisa fugaz–. Me encantaría.

El príncipe no había exagerado. Las cuadras de Nero no podían compararse a nada que hubiera visto Bella. Tan impresionada se quedó que casi perdió la confianza en sí misma. Sus cuadras resultaban patéticamente modestas al lado de aquellas instalaciones.

Pero se recordó que, a pesar de sus escasos recursos, criaba unos caballos fantásticos.

Nero la informó de que los niños llegarían pronto y de que Ignacio quería enseñarle los ponis más apropiados para los principiantes. Eran monturas retiradas del polo que no podían cargar con mucho peso y cuyo entrenamiento físico se había visto drásticamente reducido.

Las cuadras estaban más limpias que muchas habitaciones de hotel en las que Bella se había hospedado. Las balas de heno se apilaban a gran altura y a Bella se le desató peligrosamente la imaginación.

–Será mejor que sigamos –dijo con brusquedad, dedicándole a Nero una sonrisa forzada.

–¿Por qué estás tan tensa?

–Me gustaría ver la clínica –dijo, preocupada porque Nero pudiera leerle el pensamiento.

–Como quieras.

La sombra de Nero se cernió sobre ella al abrir la puerta del establo. La hacía sentirse pequeña y femenina, algo completamente nuevo para ella. Tendría que ignorar aquella extraña sensación.

No sería difícil, pensó mientras Nero la conducía a través del patio.

–Tengo un partido de polo la semana que viene.

–¿La semana que viene? ¿Tan pronto? ¿Y cuándo llegan los niños?

–Ignacio pensaba que te gustaría preparar los ponis con él.

–Claro que sí –le confirmó ella, enterrando rápidamente su inquietud–. Para eso he venido.

–Quiero que los niños empiecen a practicar en cuanto lleguen –explicó Nero–. Este partido amistoso con un rancho vecino será la primera toma de contacto que tengan con el polo, así que todo debe salir bien.

–Pero una semana es poco tiempo para preparar los ponis.

–Mis ponis ya están listos.

Bella estaba segura de ello. No conocía a un hombre más orgulloso y decidido que Nero. La competición lo era todo para él. Y dudaba de que aquel fuera a ser un partido amistoso.

–Esta es la clínica –le dijo Nero al acercarse a un edificio blanco.

Le sostuvo la puerta y ella pasó bajo su brazo, sintiendo cómo respondía el cuerpo a su tamaño y virilidad. El aire y la fuerza que se respiraban en aquella región indómita le habían desatado una reacción visceral. Por suerte, las instalaciones eran fabulosas y pudo concentrarse rápidamente en ellas.

–Podemos realizar operaciones si es necesario –le contó Nero–. Los veterinarios viven aquí. También tenemos un médico y una enfermera para el personal. Las distancias son tan grandes que no podemos confiar en que la ayuda llegue a tiempo.

–Estupendo... ¿Podemos ver ahora las instalaciones para los niños?

–Te garantizo que estarán muy cómodos.

Bella lo miró a los ojos.

–No estaría haciendo bien mi trabajo si no controlara todos los detalles.

–Como quieras.

Nero era un hombre apasionado y vehemente para quien el orgullo lo era todo. No le gustaba que nadie, y menos ella, criticara sus instalaciones. Pero para Bella también era importante el orgullo, al menos en lo que se refería a su trabajo.

–Confío en que cumpla tus requisitos –le dijo él mientras abría la puerta del primer chalet de madera.

Debía de verla como la mujer más aburrida y recatada del mundo, pensó Bella mientras miraba a su alrededor. Si fuera una niña estaría en el séptimo cielo si se alojara en aquella casita. Por las ventanas podían verse los ponis pastando en los prados.

–Es fantástico –se giró hacia Nero y lo vio con los brazos apoyados en el marco de la puerta–. ¿Planeaste los últimos retoques mientras estábamos en

Buenos Aires? –le preguntó al fijarse en las revistas y las películas más recientes.

–No tenía nada mejor que hacer –respondió, arqueando una ceja.

–¿Qué? –exclamó ella–. Yo no me pasé todo el tiempo aprendiendo a bailar tango.

–Muy noble por tu parte, Bella. Y me reconforta saber que la velada no fue una pérdida de tiempo.

Bella ahogó un gemido. Qué compañía tan sosa debía de parecerle...

–Voy a hacer unas fotos para el príncipe –decidió, sacando su teléfono móvil.

–Espero que tu reportaje gráfico sea favorable.

–¿Y cómo no iba a serlo si has pensado en todo? Hay hasta extintores.

–No los necesitarás... ¿Te gustaría ver a los ponis que hemos elegido?

–Sí, claro.

–Entonces, ¿confías en nuestro criterio de selección?

–La reputación de Ignacio lo precede.

–Y también la mía –observó en tono irónico.

En esa ocasión, Bella optó por no decir nada.

Capítulo 8

TAL Y como Bella se esperaba, Nero e Ignacio habían acertado con la elección de los ponis. Eran ideales para aprender a montar y los niños se sentirían muy seguros con ellos.

–Será mejor que nos vayamos –dijo Nero, apartándose de la valla–. El primer grupo de niños llegará pronto, y supongo que querrás ocuparte de instalarlos.

–Eres tú a quien querrán ver –señaló Bella. Lo admitiera él o no, era un héroe nacional–. Ningún niño dejaría la ciudad para venirse a las pampas si no fuera porque Nero Caracas está aquí.

–¿Intentas adularme? –preguntó él, riendo–. Te advierto que soy inmune a los halagos.

–Solo expongo los hechos.

–Pues déjame decirte que estaré contigo en todo momento –dijo él mientras volvían a la hacienda.

Estupendo, pensó ella.

–Seguro que los niños estarán encantados de que así sea.

–Y tú también, espero –repuso él en tono burlón.

–Eso no hace falta ni decirlo.

–Tus deseos son órdenes, Bella.

Si Bella se lo creía estaría condenada a hacer de felpudo. Nero toleraba su presencia allí por el bien

de su proyecto y por satisfacer al príncipe, nada más.
Y ella se daba cuenta de que tendría que trabajar más
duro que nunca. Al menos estaría tan cansada que no
soñaría con él por las noches.

Si Nero tenía intención de seguirla como si fuera
su sombra, ella tendría que comportarse como una
mujer segura de sí misma y de sus habilidades profesionales para resistir el poderoso atractivo viril del
jinete argentino.

Bella Wheeler, la Doncella de Hielo, contra Nero
Caracas, el Asesino...

Se separaron para ducharse y cambiarse de ropa.
Cuando Nero volvió a bajar se encontró a María dándole a probar sus exquisitas empanadas a Bella mientras ella cruzaba la cocina de camino a la puerta, y
poniéndole algunas más en las manos sin hacer caso
a sus protestas. Las dos mujeres parecían haber hecho buenas migas.

–Lo siento –se disculpó Bella con la boca llena
cuando ambos salieron.

–No tienes por qué disculparte –dijo él, tomando
una empanada–. Mmm... deliciosa.

Ella esbozó una tímida sonrisa.

–¿Qué llevas puesto? –le preguntó Nero.

–Un mono de trabajo... Me pareció lo más adecuado para instalar a los niños y llevar sus maletas.
¿No estás de acuerdo?

–Hay otras personas para encargarse de las maletas. ¿No fuiste tú quien dijo que nosotros éramos el
modelo a seguir? Por eso me he vestido para la ocasión –se pasó una mano por el polo negro con el es-

cudo de su equipo: una calavera y dos tibias cruzadas sobre el corazón. Siguió bajando la mano hasta sus pantalones ajustados, botas de montar y las rodilleras que solía llevar en los partidos–. Los niños han de llevarse una buena imagen, y la primera impresión lo es todo...

–Entiendo lo que quieres decir –frunció el ceño–. Supongo que ninguno de ellos te reconocería si los recibieras en vaqueros.

–Seguramente no –repuso él con una sonrisa.

–Por desgracia, no he traído ningún polo con calaveras, de modo que... ¿qué me sugieres?

–¿Qué te parecería que una mujer te recibiera en mono de trabajo?

Bella se encogió de hombros.

–¿Que los mozos están tan ocupados con los caballos que no tienen tiempo para esperar mi llegada? –sugirió.

–¿Y? –insistió Nero.

–¿Que los dueños y adiestradores tienen cosas mejores que hacer?

–¿Y cómo te haría sentir eso?

–Está bien, ya me lo has dejado claro.

–Y tú a mí –señaló él con sarcasmo.

Tenía razón. Si Bella fuera uno de los chicos que visitaban el rancho le gustaría creer que su llegada era lo bastante importante, al menos, para que los encargados de la finca la estuvieran esperando.

–Iré a cambiarme.

Nero miró su reloj. Aún había tiempo para que Bella se cambiara de ropa. La vio alejarse hacia la casa, con la espalda muy recta y caminando velozmente, y esperó con interés su transformación.

–Mucho mejor –la alabó cuando ella volvió a salir.

Mucho, muchísimo mejor, añadió en silencio. El cuerpo le respondía con un entusiasmo indecente a la transformación de Bella. Su atuendo era más sugerente que el mono, los pantalones de trabajo e incluso que su vestido de noche.

–¿Quieres que gire sobre mí misma? –le preguntó ella.

–Ya te he visto bailar, ¿recuerdas? Sé que los giros no son tu fuerte –le sostuvo la mirada, algo que le encantaba hacer. Ninguno de ellos daba muestras de rendición cuando se enfrentaban en un duelo de miradas.

Así permanecieron unos largos segundos, hasta que el ruido de un motor los obligó a romper el contacto visual. Pero Nero siguió sintiendo la presencia a su lado de una mujer increíblemente atractiva con unos pantalones de montar y una camisa blanca entallada.

Los niños estuvieron rápidamente instalados, pero no había tiempo para descansar. Mientras el equipo de gauchos les enseñaba a los niños los procedimientos de seguridad y les presentaban a los ponis, Nero y Bella se pusieron a preparar el partido de polo.

–¿Empezamos? –dijo él, dirigiéndose hacia las cuadras.

Bella hizo una mueca mientras se apartaba un mechón rebelde.

–Espero que no te arrepientas de haberme metido en esto.

Él también lo esperaba.

–¿Estás segura de que podrás con esto? ¿Enseñar a montar a unos niños inquietos y temerarios en unos ponis aún más difíciles que ellos?

Era un hombre práctico, y cuando se veía ante una tentación pensaba seriamente en las consecuencias antes de tomar una decisión. Pero Bella era demasiado vulnerable. Tal vez estuviera interpretando su papel de mujer de mundo, pero ninguna actriz podía actuar permanentemente.

–Lo estoy –respondió ella–. Tengo experiencia en... superar obstáculos.

Hablaba sin la menor emoción, y Nero recordó que Bella tenía tres hermanos menores. Todos ellos habían ido a la universidad y a ninguno le interesaban los caballos de su padre. Habían perdido a su madre a una edad muy temprana, y cuando su padre se derrumbó Bella tuvo que hacerse cargo de la familia. La Doncella de Hielo ocultaba una fuerza y una pasión desconocidas para la mayoría de la gente.

–Espero que te quede tiempo para las clases de tango –le dijo, recordando la faceta que había descubierto en la pista de baile–. ¿O tendremos que posponerlas por ahora?

Bella guardó un breve silencio antes de responder.

–¿Por qué tendríamos que posponerlas? Ignacio me ha prometido que me ayudará a perfeccionar mi técnica, así que la próxima vez que nos encontremos en una pista de baile estaré lista para ti.

–¿Ah, sí?

María, Ignacio... Parecía que Bella se estaba ganando a todo el personal.

–Cuidado con Ignacio –le advirtió burlonamente–. Que no te engañe su edad.

Bella se rio, pero enseguida lo miró fijamente a los ojos.

–¿Estás celoso, Nero?

Él se limitó a soltar un bufido y se dio la vuelta.

–¿Podemos beber algo antes de empezar a preparar el partido? –preguntó ella.

–¿Agua?

–Perfecto.

Nero la condujo al granero. Cerró la puerta tras ellos y se vieron rodeados por un cálido silencio. Se acercó a un grifo en un rincón y llenó un recipiente con el agua fría del canal que atravesaba la finca bajo tierra.

–Nos llevaremos esto –dijo, ofreciéndole el recipiente a Bella.

Ella bebió con avidez y se lo pasó a Nero, quien hizo lo mismo. Mientras se secaba la boca con la mano la pilló mirándolo y sonrió al adivinar sus pensamientos. Habían compartido el mismo recipiente para beber. Era lo más cerca que sus bocas habían estado de tocarse... hasta el momento.

Se encontraba tan cerca de Nero que podría tocarlo. Había algo mágico en aquel granero. Quizá fueran los montones de hierba seca que absorbían el sonido, o las motas de polvo que flotaban en los rayos de sol como un resplandeciente velo dorado.

–¿Bella?

–¿Puedo beber más? –alargó el brazo hacia el recipiente y sus dedos se tocaron. Una descarga eléctrica le subió por el brazo.

–Será mejor que volvamos a llenarlo antes de irnos –dijo él cuando ella terminó de beber. Sin dejar de mirarla a los ojos, le quitó el recipiente y lo dejó a un lado. Bella ahogó un débil gemido cuando le posó ligeramente las manos en los brazos–. ¿De qué tienes miedo, Bella?

No se atrevía a mirarlo, a pesar de la irresistible tentación por dejarse llevar.

–No estoy asustada.

–Demuéstralo –la animó él tranquilamente. Bajo su ironía habitual se advertía una nota de preocupación.

–¿No deberíamos ponernos manos a la obra? –preguntó ella, mirando el espacio que los separaba de la puerta. Nero era como un tigre dormido. Ella nunca había intimado con un hombre, pero conocía los signos. La expresión que ardía en los ojos de Nero, la sonrisa torcida... Sí, definitivamente se sentía atraído por ella.

–Bella, Bella...

Ella se acercó un poco más.

Pero algo no iba bien. Era como si estuviera caminando por una cuerda floja, con la promesa de una fabulosa recompensa al final pero con una manada de tiburones hambrientos bajo sus pies. Nero no la había tocado. De hecho, se haba echado hacia atrás y la miraba con una ceja arqueada.

–¿Qué ocurre?

Había cometido un imperdonable desliz al bajar la guardia. La relación entre ambos era estrictamente profesional y nada más.

–No sabes con quién estás jugando –le advirtió con voz áspera y profunda–. Te aconsejo que pienses antes de actuar, Bella. ¿Crees que me conoces? ¿Crees que puedes engañarme con tus juegos de colegiala?

–Tranquilo –murmuró ella, respondiendo el ataque–. Es del todo improbable que alguna vez juegue contigo –él se echó a reír–. No eres tan irresistible como crees –intentó alejarse, pero él volvió a agarrarla–. Suéltame.

–¿No es esto lo que quieres? –le preguntó Nero, antes de sofocar sus protestas de la forma más efectiva posible. La besó en los labios y tomó posesión de su boca hasta que Bella se deshizo en gemidos de furia y lágrimas de frustración.

Apretó los puños y lo golpeó con fuerza en el pecho, pero era inútil luchar contra Nero. Y lo peor era que no podía odiarlo por aquella victoria, pues ella lo deseaba con toda su alma y nunca había experimentado nada igual. El sabor salado y picante de su lengua, la virilidad y el calor que irradiaba su cuerpo... El corazón le latía desbocado, los sentidos se le embotaban y el deseo crecía peligrosamente en su interior.

El mundo y sus complicaciones se desvanecieron en torno a aquel beso único y maravilloso que la colmaba de sensaciones incomparables y con la absoluta certeza de estar haciendo lo correcto.

–¡Dios, Bella! –exclamó él, apartándola.

Bella jadeaba y contemplaba aturdida a Nero, quien la miraba como si la odiase.

–¿Y si fuera otro hombre, Bella? ¿Acaso no sabes lo peligroso que es este juego?

–Tú también estás jugando –replicó ella, pasándose la mano por la boca como si pudiera borrar la prueba de su excitación. Tuvo que darse la vuelta para recuperar el aliento antes de encararlo. Se agarró al borde del fregadero como si fuera un salvavidas y respiró profundamente. Nero tenía razón. Los dos eran culpables.

Consiguió adoptar una expresión de aparente serenidad antes de girarse de nuevo hacia él.

—No debemos hacer esperar a Ignacio.

Nero abrió la puerta del granero y Bella salió rápidamente. De vuelta al trabajo, se dijo a sí misma. Tenía que olvidar lo ocurrido o de lo contrario perdería su credibilidad.

De camino al campo de polo pasaron junto al centro de hidroterapia. El sonido del agua la distrajo y le arrancó una exclamación de interés.

—¿Puedo echar un vistazo?

—Claro —Nero la esperó a unos metros mientras ella observaba al poni que recibía el tratamiento de sales medicinales. La casilla tenía el suelo y las paredes protegidos con goma para evitar que se hiciera daño y era lo bastante grande para que se sintiera cómodo y seguro.

—Es fantástico.

—Las bajas temperaturas estimulan la circulación y aceleran la cura —explicó Nero, acercándose a ella.

Bella suspiró con alivio. Gracias a Dios habían encontrado un interés común que no pusiera en peligro su reputación ni su corazón.

—No tengo nada parecido en Inglaterra.

—Aquí encontrarás todo lo necesario, Bella.

—Seguro que sí —afirmó ella, decidida a ignorar la excitación que le recorría la espalda.

Capítulo 9

COMO parte del proceso de emparejamiento entre el jinete y el caballo para el inminente partido de polo, Nero hizo una demostración de montura. Lo hacía principalmente para enseñarle a Bella los pasos y particularidades de cada poni, pero los niños recién llegados de la ciudad también fueron invitados a presenciarlo.

Por eso estaban allí, pensó Bella mientras observaba los embelesados rostros alrededor de ella. Nero podía parecer una estrella de cine, pero todos sabían que no estaba interpretando un papel. No solo estaba enseñando los pasos de cada montura. También estaba sembrando en los niños la ilusión por llegar a ser alguien en la vida.

Nero podía controlar a un poni sin el menor esfuerzo. Podía galopar, detenerse en una nube de polvo a escasos centímetros de la valla y hacerlos gritar a todos. Podía hacer que un poni avanzara en zigzag, se diera la vuelta, retrocediera y cambiara continuamente de dirección sin que pareciera mover un solo músculo. Y lo hacía todo con la misma despreocupación y naturalidad con que daría un paseo por el parque.

No dominaba tan solo el polo y el caballo que montara. Tenía un dominio absoluto sobre sí mismo y eso era extremadamente sexy. Era fuerte y poderoso, pero también asombrosamente sensible, comprensivo y delicado a la hora de convertir a un poni salvaje en parte del equipo. Y cabía preguntarse cuánta de esa sensibilidad trasladaría a las relaciones íntimas.

Tenía que dejar de pensar en esas cosas. Y enseguida. Se unió a los aplausos cuando Nero dio una vuelta por el ruedo para agradecer las felicitaciones de su público. Bella vio como levantaba su fuerte y bronceada mano y se imaginó cómo la sentiría sobre su cuerpo desnudo... firme y a la vez ligera e intuitiva para proporcionar placer.

–¿Alguna conclusión? –le preguntó Nero, deteniendo la montura frente a ella.

–Muchas –consiguió responder Bella a pesar del nudo que tenía en la garganta.

–Bien –sacó los pies de los estribos y movió las piernas–. Estoy impaciente por escuchar tus comentarios, después de que haya ayudado a los chicos a llevarse a los ponis.

–De acuerdo –concedió ella mientras él se alejaba. En realidad, le interesaban más sus fuertes piernas que cualquier conclusión que hubiera sacado.

Nero e Ignacio recibieron sus comentarios con gestos de aprobación. Al menos seguía teniendo las ideas claras en lo que se refería a los caballos. Pero eso no solucionaba su principal problema. Vivir bajo el mismo techo que Nero suponía verlo todos los días. No podía permitirse otro desliz como el del granero.

Mientras caminaba entre los prados, sin embargo, se dio cuenta de que podría ser feliz en aquel lugar.

Era el tipo de vida con que soñaban las personas... con el atractivo adicional de Nero.

Al llegar a la casa recibió, como de costumbre, la cálida bienvenida de María y Concepción. Se quitó las botas para dejarlas sobre el felpudo y dejó el casco y los guantes donde Nero dejaba los suyos. Era lo más cerca que había estado de él desde el beso...

Las dos mujeres advirtieron su expresión taciturna y le ofrecieron un enorme trozo de pastel de chocolate.

–Delicioso –exclamó Bella, dando un gran bocado.

–Más –insistieron las dos mujeres cortando un segundo trozo.

–Os echaré terriblemente de menos cuando vuelva a casa –les confesó en un vacilante español mientras rechazaba sus intentos por cebarla. Se había esforzado por aprender la lengua para acercarse más a la gente con la que vivía. A pesar del poco tiempo que llevaba en Argentina, el país le había causado una honda impresión. Los ponis, el aire, la pampa, Nero...

Tendría que dejárselo a una persona más experimentada que ella.

Y pensar en esa desconocida la llenaba de celos.

Tenía que estar en guardia para que sus emociones no la delataran, pensó mientras María la seguía para intentar darle más pastel. Bella se rindió, riendo, y después de aceptar el pastel besó a María en la mejilla y subió a su habitación.

Mientras acariciaba la bonita colcha tejida a mano, se fijó en el viejo retrato que colgaba sobre la chimenea. Su madre había sido buena y cariñosa, pero la mujer del cuadro tenía la mirada feroz de Nero y vestía como un gaucho, con ropa de hombre. La única concesión femenina era un pañuelo de raso alrededor del cuello.

Bella se tumbó en la cama y siguió contemplando el retrato. La fuerte personalidad de la mujer se reflejaba en su recia mandíbula, su intensa mirada y la mueca de sus rojos labios. Debía de haber sido una mujer formidable. Por su imponente aspecto parecía capaz de dominar a cualquier hombre, ya fuera con una fusta o con su lengua.

El parecido con Nero era innegable. Pero ¿acaso Nero no había recibido una influencia más suave por parte de nadie? ¿Qué pasaba con sus padres? Nero nunca hablaba de ellos. ¿Qué clase de infancia había tenido? ¿Lo sabría ella alguna vez?

No era probable, pensó con desánimo mientras se enjabonaba. Nero nunca confiaría en ella, y no podía interrogar a sus empleados.

Los días se sucedían de forma idílica. Bella congeniaba cada vez más con el personal de Nero hasta que llegó a sentirse como un miembro del equipo, y el proyecto iba mejor de lo que se había esperado. Ignacio lo hacía todo más fácil y distendido; la divertía con sus bromas y la ponía al corriente sobre Nero, como si el anciano gaucho quisiera que Bella conociese los puntos débiles de su jefe. Le explicó que la mujer del retrato era la abuela de Nero, lo que no supuso ninguna sorpresa.

El único inconveniente era que apenas veía a Nero. Comían a horarios distintos y él nunca estaba presente cuando ella impartía clases, ya fuera porque se estuviera preparando para el partido de polo o porque la evitaba deliberadamente. No era asunto suyo lo que Nero hiciera con su tiempo. Y si le quedara algo de sentido común ni siquiera lo echaría en falta.

Pero no era así.

El día en que estaba prevista la llegada de los ponis desde Inglaterra, miró por la ventana y se encontró a Nero en el patio. Lógico, si había algo que interesara realmente a Nero eran los caballos.

Se puso rápidamente el mono sobre el pijama y un jersey holgado. No había tiempo para peinarse, pero se detuvo en el cuarto de baño para lavarse los dientes antes de bajar corriendo las escaleras. Atravesó la cocina a toda velocidad, asustando a María y a Concepción, y salió al patio al tiempo que el camión se detenía junto a las cuadras.

—Deja que lo hagan ellos, Bella —le ordenó Nero cuando ella se dispuso a abrir las puertas.

Bella no le hizo caso. El entusiasmo por ver a Nero y por tener allí a sus caballos era tan grande que quería hacer las cosas a su manera

—He dicho que lo dejes —espetó Nero, colocándose delante de ella—. Es un trabajo de hombres.

—¿Un trabajo de hombres? ¿Qué le habría parecido a tu abuela?

La expresión de Nero se congeló.

—Discúlpame, por favor —dijo ella, y lo rodeó para acercarse al camión. Misty estaba en el interior y nadie iba a interponerse entre ellas.

—¿Por qué no vuelves a la casa y dejas que nos ocupemos nosotros? —sugirió Nero en un tono más persuasivo, y le puso la mano encima de las suyas–. Te avisaré cuando Misty esté en el establo.

–Me gustaría hacerlo yo. Quiero recibir a mi yegua y ver cómo está. No voy a entrar en casa hasta que haya examinado a todos los ponis –se plantó firmemente con los brazos en jarras y los dos se miraron unos segundos.

Nero torció el gesto.

–De acuerdo –aceptó finalmente.

Estupendo. Estaban en el rancho de Nero, pero los ponis también eran responsabilidad suya. Habían hecho un largo viaje, un vuelo transoceánico y...

Y estar ante Nero la excitaba terriblemente. Por mucho que le apasionara su trabajo, no podía atribuir toda su excitación a la llegada de su poni favorito.

Nero se hizo cargo de un imponente alazán llamado Coronel, mientras Bella se ocupaba de Misty. Era inevitable que fueran juntos a las cuadras, o más concretamente, al pequeño prado junto a la clínica donde los ponis esperaban su turno para que los viera el veterinario.

–Se quedarán aquí unos cuantos días para su observación –le explicó Nero mientras Misty relinchaba y rozaba a Bella con el hocico–. La seguiremos de cerca hasta que se haya aclimatado, y entonces podrás montarla cuando quieras.

Bella se quedó boquiabierta. Era la primera vez que alguien le decía lo que podía o no podía hacer con sus ponis.

–La montaré cuando lo estime oportuno.

–Con el visto bueno del veterinario.

–Y con el mío –declaró ella. Se dio cuenta de que había apretado el puño y que adoptaba la misma postura que la mujer del retrato. Al igual que la abuela de Nero, no iba a dar su brazo a torcer.

El día anterior al partido de polo todos los caballos habían pasado satisfactoriamente el examen del veterinario. Bella se había ocupado de ejercitar ella misma a Misty desde que la pequeña yegua recibió el visto bueno. Nero estaba en el corral con los otros hombres, observando desde la valla los primeros pasos de los potros. Sintió la presencia de Bella acercándose por su derecha, y también su determinación y seguridad. En lo relativo al trabajo no había nadie como Bella... salvo él mismo e Ignacio, naturalmente. Su dedicación, pasión e intuición eran admirables.

No necesitaba girarse para saber que tenía el pelo recogido bajo la redecilla y el rígido sombrero que siempre se ponía para montar. Giró la cabeza para confirmar que estaba en lo cierto, y efectivamente la encontró con el sombrero. Lástima, porque una parte de él deseaba verla con su melena rojiza ondeando al viento.

–Nero –lo saludó ella sin detenerse.

Él asintió brevemente con la cabeza. No volvería a verla hasta que Bella supervisara los cambios de un poni a otro entre los tiempos en que se dividía el partido. Trabajaría con Ignacio, lo cual era un gran honor para ella. Ignacio solía trabajar solo, pero le había confesado a Nero que Bella era diferente.

–Tiene el alma de un gaucho...

Nero miró a Ignacio, que estaba de pie junto a él.

–Me recuerda a tu abuela.

Nero sonrió. Ignacio nunca pronunciaba dos frases seguidas si no era para hablar de caballos. Los dos miraban a Bella, pero Nero pensaba en la abuela que lo había criado y cuyo retrato colgaba en el dormitorio de Bella. Annalisa Caracas había poseído la belleza de una aristócrata, el valor de una colona y podía cabalgar como un hombre. El padre de Nero había crecido rodeado de lujos y se había relajado hasta el punto de llevar el rancho a la ruina. Fue una suerte para él y para el rancho que su madre abandonara su retiro y regresara para salvar la propiedad. Annalisa Caracas siempre ocuparía un pedestal en la historia de la familia.

Ignacio lo sacó de sus pensamientos con un codazo en las costillas. Bella acababa de montar a Misty y se dirigía hacia la llanura. Pero en vez de cruzar por la puerta se lanzó hacia la valla y la superó limpiamente de un salto. Nero sacudió la cabeza cuando los gauchos se pusieron a aclamarla y se dio cuenta de que hacía mucho, muchísimo tiempo que no se detenía junto a los otros hombres para ver montar a una mujer.

Capítulo 10

LA EMOCIÓN crecía en el rancho a medida que se acercaba el partido de polo. Era como si se estuvieran preparando para la batalla del siglo. Se había comprobado hasta el último detalle, valla y palmo de terreno. Las vidas de aquellas gentes giraba en torno al polo, y era imposible tomarse con calma un partido aunque fuera amistoso.

En realidad, aquel partido no tenía nada de amistoso. El equipo del rancho vecino también estaba formado por jugadores de primera clase, y aunque Bella era una gran adicionada al polo no podía ignorar la preocupación que sentía por Nero.

La gente acudía desde muy lejos para presenciar el encuentro. La flor y nata de Argentina llegaba en helicópteros, aviones privados y coches de lujo, pero también se veía un gran número de camionetas, remolques, vehículos todoterreno y carros tirados por caballos. El polo era algo más que un deporte en las pampas. Los partidos servían como excusa para divertirse y para que las familias distantes se reunieran. Lo único que se necesitaba era sombra, comida y agua, además de otros servicios asociados a una pequeña ciudad itinerante, y Bella y el resto del personal se habían dejado la piel para asegurarse de que el evento fuera un éxito.

Bella se emocionaba al pensar que todos habían ido a ver a Nero Caracas, el héroe nacional, capitaneando a su equipo. Nero representaba el orgullo de un país entero... y mientras contemplaba las vastas llanuras Bella empezó a sentirse como si también ella perteneciera a aquella tierra.

Pero no era momento para soñar despierta cuando había tanto por hacer. La emoción que se respiraba en el aire ponía nerviosos a los ponis, especialmente a Coronel, la montura elegida por Nero para acabar el partido. En opinión de Bella habría sido mejor montarlo al principio en vez de tenerlo esperando hasta el final, pero Nero le había asegurado que el brioso animal solo necesitaba tiempo para calmarse.

Ojalá aprendiera también ella a calmarse cuando estaba con Nero, pensó mientras lo veía acercarse entre los ponis. A esas alturas ya debería haberse acostumbrado a verlo, pero su imagen seguía colmándole la vista como si estuviera frente a una obra de arte. Era el hombre más sexy y atractivo del mundo. Y algo más, pensó Bella con una dolorosa punzada en el pecho.

—¿Lista? –le preguntó él.

—Lista.

Ambos habían examinado concienzudamente a los ponis. Ambos eran profesionales que cumplían a la perfección con su trabajo. Pero eso no eliminaba la química que ardía entre ellos ni la preocupación de Bella por la seguridad de Nero.

Entonces llegaron las admiradoras. Al igual que en el Reino Unido, en Argentina también abundaban las chicas que seguían a sus ídolos por todas partes, ataviadas con minifaldas y altos tacones con los que avanzaban entre los adoquines y los excrementos de los caballos. Si Bella intentara calzar esos tacones acabaría con el estiércol hasta las rodillas. Al menos había que reconocerles ese mérito, pensó mientras las chicas rodeaban a Nero sin disimular su adoración. Pero Nero no les hizo el menor caso mientras continuaba con su calentamiento y Bella casi llegó a sentir lástima por ellas. Ella comprendía muy bien que Nero no pudiera prestarle atención en los momentos de gran tensión previos al partido, pero las chicas no lo entendían y se empeñaban en apiñarse a su alrededor con el aspecto más provocativo posible con la esperanza de que su héroe les dedicara una sonrisa.

Nero se giró hacia ella para pedirle el taco. Bella se lo entregó y él se alejó al trote sin decir nada más.

Llevándose el corazón de Bella con él...

«No seas tonta», se reprendió a sí misma. ¿Qué sentido tenía entregarle su corazón a Nero cuando él preferiría recibir un saco de zanahorias para sus ponis?

La emoción se palpaba en el ambiente que rodeaba el terreno del juego. Todo el mundo esperaba un partido de alto nivel, el cual prometía ser más arriesgado de lo que Bella había temido. Pronto quedó claro que no sería un encuentro inofensivo entre viejos amigos, sino un choque a muerte en el que nadie daría cuartel a nadie. Los jugadores librarían una batalla encarnizada y Bella solo deseaba que el partido acabara cuanto antes para no seguir temiendo por la integridad de Nero.

El Asesino parecía invencible al salir al campo, con su bronceado rostro sereno e imperturbable bajo el casco. Sujetaba ligeramente las riendas, pero en sus poderosos músculos se advertía el absoluto control que ejercía sobre la montura.

El arbitro se estaba dirigiendo a los equipos. El silencio se hizo en la grada. Sonaron los himnos. La pelota se colocó en posición. Los jinetes espolearon a sus monturas y Nero se lanzó al ataque.

Los jugadores seguían a Nero por el campo. Era con mucho el jinete más hábil y experimentado, pero ni siquiera él era invulnerable y no podía esquivar las trampas de sus rivales.

El único propósito del equipo visitante parecía ser echar a Nero del campo, y cuando dos caballos se lanzaron contra él para acorrarlalo Bella soltó un grito de advertencia junto al resto del público.

Nero jamás pondría en riesgo al caballo ni a él mismo...

Un suspiro se elevó de la grada cuando Nero consiguió librarse de sus atacantes, pero había estado a punto de ser derribado y la inquietud de Bella fue en aumento. Al equipo contrario no le interesaba el marcador. Tan solo querían impedir que Nero escapara ileso y no vacilaban a la hora de embestirlo con saña para tirarlo de la silla.

Pero Nero parecía más fuerte y seguro que nunca, y el dominio que demostraba al cambiar de un poni a otro tranquilizó ligeramente a Bella. La maniobra exigía una sincronización perfecta entre el mozo y el jinete; el primero debía tener preparado la siguiente montura cuando el jinete llegaba para sustituir al poni cansado, y Bella no estaba dispuesta a delegar la tarea en nadie. Era su responsabilidad, y por una vez en su vida Nero no tuvo tiempo para discutir con ella.

No había motivos para tener tanto miedo, reflexionó Bella al reanudarse el juego. En el deporte profesional nadie regalaba nada y no cabía esperarse un espectáculo suave. Debería relajarse, y disfrutar del privilegio que suponía ver a Nero en acción. Nero poseía un sexto sentido que le permitía anticiparse a los obstáculos y controlar el juego sin poner en peligro al poni.

Tras conseguir un tanto que arrancó una fuerte ovación del público, se llegó al descanso y Nero fue a cambiarse de camiseta. Al quitársela y revelar su indecente musculatura Bella tuvo que morderse la lengua para que no se le cayera la baba. Y por si no fuera bastante, tuvo que decirle a Nero algo que él no querría oír.

—He sustituido a Coronel.

—No —dijo Nero, mirando con el ceño fruncido al poni que sujetaba Bella—. A Coronel no le quedan muchos partidos y no voy a privarlo de este.

—Pero está muy nervioso, Nero —insistió ella, mirando con inquietud al gran poni que sujetaban dos hombres.

—Tu trabajo es calmarlo —declaró él, y montó sin darle tiempo a decir nada—. Coronel lleva mucho tiempo esperando este momento, ¿verdad, viejo? —dijo, y Bella tuvo que apretar los dientes cuando el poni pareció colaborar de buen grado.

—Nunca podrás domarlo, Bella —comentó Ignacio.

¿Se refería a Nero o al poni?

—No te preocupes tanto —añadió él, siguiéndola al campo—. Nero y Coronel comparten un vínculo muy especial.

Bella confiaba en que fuera cierto. Ni siquiera la presencia de Ignacio la tranquilizaba.

–Ojalá este deporte no fuera tan violento –dijo, expresando sus miedos.

–La rivalidad es inevitable cuando se enfrentan los mejores del mundo –comentó Ignacio.

Tal vez, pero aquello no era un simple partido de polo. Era una batalla en toda regla.

Ignacio se quedó con ella, como si intuyera que necesitaba compañía. Solo había un hombre en el campo a quien Ignacio quisiera ver, y era Nero. Se preocupaba por él como si fuera su hijo.

El viejo lanzó una exclamación de júbilo cuando Nero consiguió marcar otro tanto. Los aplausos y vítores eran ensordecedores, pero el partido se volvió aún más enconado, y el público gritaba de horror cuando alguien caía de la silla.

Bella aguantaba la respiración y solo volvía a respirar cuando veía que ni el poni ni el jinete habían sufrido daños. Al mirar a Nero y ver su expresión supuso que debía de estar furioso por los riesgos que el equipo rival estaba corriendo con los caballos. Él la miró y le dio unas palmadas a Coronel, como si quisiera asegurarle que ambos estaban bien. Bella nunca había visto a Coronel tan alerta e impaciente por participar en la refriega. Y su jinete nunca había dado una imagen tan ferozmente salvaje y al mismo tiempo tan arrebatadoramente atractiva. Sonrió, aunque sus ojos delataban su inquietud, y Nero respondió con un breve asentimiento de cabeza antes de girarse.

Llevaban varios minutos de juego cuando la bola cambió de dirección y un grupo de jinetes se lanzó hacia Bella e Ignacio. Todo sucedió muy deprisa. Ignacio la agarró del brazo y la apartó de un tirón, pero al hacerlo perdió el equilibrio y unos segundos cruciales mientras una furiosa mole avanzaba imparablemente hacia ellos. Nero se dirigió hacia el tumulto para salvarlos. El público profirió un grito de espanto cuando Bella agarró a Ignacio, lo tiró al suelo y se arrojó sobre él para protegerlo con su cuerpo. Durante unos segundos se produjo una terrible confusión de cascos, botas y tacos. Cómo consiguieron sobrevivir, Bella jamás lo sabría. Lo único que pensaba era en poner a salvo a Ignacio al otro lado de la valla. Nero la levantó del suelo y los sacó a los dos del tumulto.

—Gracias —murmuró ella, pegada a su pecho.

Cuando se giró para mirar el campo todo volvía lentamente a la normalidad. Las riendas volvían a estar firmemente sujetas, las botas de nuevo en los estribos y los caballos se separaban al trote. Fue entonces cuando Bella advirtió que Coronel seguía en el suelo.

—Te dije que no lo montaras —gritó.

Nero la soltó y corrió hacia el caballo.

—No te acerques —le ordenó a Bella, pero ella lo ignoró y examinó rápidamente a Coronel.

—Creo que está herido.

—¿Cómo lo sabes? —le preguntó él con una voz tan fría como sus ojos.

Por alguna razón, la culpaba de lo ocurrido.

—Soy una profesional —respondió con toda la calma que pudo.

Nero masculló algo en español que Bella entendió perfectamente.

—Apártate de él.

–Tenemos que levantar a Coronel enseguida –dijo ella, mirando alrededor en busca de ayuda.

–¿Y vas a levantarlo tú? –preguntó él mientras se arrodillaba junto a la cabeza del caballo–. ¿Dónde está el veterinario?

–Ya viene –respondió Ignacio.

Bella observó con alivio que el veterinario se acercaba corriendo.

Ignacio la agarró del brazo.

–Quiero darte las gracias por lo que has hecho, Bella...

–Gracias a ti –respondió ella–. Nos hemos ayudado el uno al otro. Podría haber sido mucho peor...

Por desgracia, Nero no lo veía de igual manera. Estaba en cuclillas junto al caballo, tenso y encorvado.

El partido había sido suspendido y el público aguardaba inquieto a que el veterinario terminara de examinar al caballo. Cuando hubo acabado, Nero se lo llevó aparte para hablar a solas.

Bella los siguió y esperó a que hicieran una pausa para tocar a Nero en el brazo.

–No ha sido culpa tuya, Nero.

La mirada que le echó Nero la habría fulminado en cualquier otra circunstancia, pero estaba demasiado preocupada por el hecho de que hubiera puesto en peligro a su caballo para salvarla a ella.

–Gracias.

–¿Por qué? –espetó él con una mirada feroz.

–Por salvarme.

Nero entornó amenazadoramente los ojos. ¿Acaso se arrepentía de lo que había hecho? Se dio la vuelta y siguió hablando en español con el veterinario, olvidándose de Bella hasta que Ignacio se ofreció a traducirle la conversación.

Gracias a Dios la herida de Coronel no era tan grave como para tener que sacrificarlo. Los caballos eran animales muy frágiles, a pesar de su fuerza y corpulencia, pero en aquella ocasión bastaría con vendajes de hielo y una sesión de hidroterapia.

Nero se mantuvo apartado del resto mientras se llevaban al caballo. El partido se reanudaría en cuanto se despejara el terreno, y el público despidió a Coronel con fuertes aplausos al saberse que no había habido víctimas. Pero Nero tenía la mirada perdida a lo lejos.

—Será su último partido —dijo, a nadie en particular.

Y Bella se dio cuenta de que la culpaba por ello.

Capítulo 11

EL PARTIDO va a reanudarse, Nero –lo avisó Bella.

Él no se giró hasta que el remolque se hubo alejado.

–¿Dónde está mi caballo?

Bella se encogió ante su tono furioso y frustrado mientras le ofrecía otro poni. Nero se sentía culpable por haber acabado bruscamente con la carrera de Coronel, y también ella se sentía muy mal. El accidente casi se había cobrado la vida de Ignacio, un entrañable anciano al que Bella le había tomado un enorme afecto. El veredicto del veterinario la sumía en una espera angustiosa. Y luego estaban los niños... ¿Cómo debían de sentirse?

–Disculpadme –les dijo a los mozos.

–¿Adónde te crees que vas? –exclamó Nero–. ¿Tienes idea de lo que ha pasado?

–Sí, y lo siento, pero los niños lo han visto todo y estarán tan conmocionados como yo –sin esperar la respuesta de Nero se alejó a toda prisa. Cuanto antes tranquilizara a los niños antes podría volver al trabajo.

Afortunadamente, los niños no estaban particularmente impresionados. Casi ninguno se había percatado de los peligros del polo, y aquellos que lo habían subestimado como un deporte de niñas se habían transformado en unos fans incondicionales y amantes de la emoción.

Pero lo siguiente era enfrentarse a Nero, y la sonrisa se esfumó de su rostro al verlo.

—Al fin apareces —le dijo él mientras examinaba la brida de su montura.

—¿No te ha asistido el mozo? —preguntó ella,

—Tu trabajo es supervisar a los mozos, Bella —replicó él con voz cortante—. No esperaba este comportamiento por tu parte en mitad de un partido.

—¿Y qué otra cosa podía hacer? —preguntó ella en el mismo tono.

Los mozos se giraron hacia ellos.

—¿Qué estabas haciendo en el campo, Bella? Esto no es un paseo por el parque, y tú deberías saberlo mejor que nadie. ¿Cómo has podido ser tan irresponsable? ¿Qué clase de ejemplo crees que les estás dando a esos niños por los que tanto te preocupas?

Bella se dio cuenta de que Nero no sabía lo que había pasado. Mientras galopaba hacia ella, no había visto que Ignacio estaba en peligro. Solo la había visto a ella, echándose hacia atrás mientras los caballos chocaban con la valla, y había sacado sus propias conclusiones. Bella no iba a decirle que se había metido en el campo para salvar a Ignacio. Se limitó a sonreír dulcemente y aguantar la injusta reprimenda.

—No me interesan tus excusas —dijo él, girando a su caballo para mantenerlo en movimiento—. No vuelvas a acercarte a la valla. Si ves un caballo galopando hacia ti, échate hacia atrás. ¡No corras a su encuentro!

Bella comprendía su enfado. El polo era un deporte de alto riesgo y los jugadores eran tan competitivos como los ponis. Pero no estaba dispuesta a dejarse avasallar.

—Lo siento, ¿qué más quieres que diga? Ahora me marcho para comprobar que tu próximo caballo esté listo –se giró sobre sus talones y se alejó rápidamente.

No era la primera vez que Nero se alteraba en mitad de un partido, pero nunca de aquella manera. Claro que nunca había puesto en riesgo a un caballo. Y menos a Coronel, su favorito. Siguió a Bella hasta los ponis y la vio ponerse manos a la obra con su eficiencia habitual, como si no hubiera ocurrido nada. Su frialdad lo irritó aún más. No se parecía en nada a ninguna otra mujer que hubiera conocido, y él lo había arriesgado todo por ella. ¿Por qué?

La imprudencia de Bella lo había obligado a actuar. Si ella quería arriesgar su vida era su problema, pero en lo sucesivo no pondría en peligro a sus caballos. Volvió al campo al galope. La derrota no era una opción. Culpar a Bella por su temeridad no era suficiente. Culpaba al equipo rival por la forma con que trataban a sus leales monturas. Pero sobre todo se culpaba a sí mismo.

Acabado el encuentro y conseguida la victoria, levantó el casco para saludar al público y condujo a su equipo alrededor del campo. Tan solo la lealtad a los aficionados y a sus compañeros de equipo lo retenían allí, cuando lo único que quería era estar en la clínica con Coronel.

Bella lo estaba esperando cuando abandonó el terreno de juego. Parecía tan serena como siempre, mientras que él estaba en un estado de gran agitación.

Desmontó y le puso las riendas en la mano.

—Hielo –ordenó.

–Ya lo sé –murmuró ella, y él vio que los mozos ya estaban esperando con vendajes de hielo para aliviar los sobrecalentados músculos del poni. Era una lástima que no pudieran enfriarle la cabeza.

–Tienes que beber, Nero –le dijo Bella, sosteniendo una botella de agua con hielo.

Él la ignoró y pasó junto a ella.

–Bebe –insistió ella.

–¿Es que no sabes captar una indirecta? –preguntó de malos modos, pero aceptó el agua y se la bebió de un trago.

Le había dicho desde el principio que la vida en la pampa era dura. Ella conocía el juego y los riesgos, pero nunca lo había visto en aquel estado. Pues peor para ella. En el rancho no había lugar para los débiles. Su abuela se lo había enseñado a una edad muy temprana.

–¡Espera, Nero!

¿Bella estaba corriendo tras él?

No solo tras él, sino que se colocó delante para cortarle el paso.

–¿Qué quieres?

–No le harás ningún bien a Coronel si irrumpes así en la cuadra. No te lo permitiré.

–¿Ah, no? –intentó apartarla, pero ella le dio un manotazo.

–No te atrevas a tocarme. Mientras esté aquí los ponis son responsabilidad mía tanto como tuya. ¡No voy a dejar que entres en la clínica en este estado!

–¿Estás poniendo en tela de juicio mi cordura?

–En estos momentos, sí.

Él la rodeó. ¿De verdad se había esperado que la

Doncella de Hielo se pusiera a temblar como una virgen?

—Sé por qué estás enfadado, Nero.

—No me digas...

—Coronel se acercaba al final de su carrera y crees que tú has acelerado su retirada —él se limitó a responder con un bufido—. Pero no es así, Nero. Te metiste en el peligro para salvar la situación.

—No tenía alternativa. Hice lo que habría hecho cualquier otro en las mismas circunstancias.

Bella lo dudaba.

—Si me permites, tengo que ocuparme de un caballo herido.

—En ese caso, voy contigo —decidió ella.

—Ya has hecho bastante daño —cruzó la verja sin sostenerla para Bella—. ¿Por qué no vas a lavar a los ponis? Y cuidado con las coces. No necesitamos más meteduras de pata por hoy.

Ella se detuvo y dejó que se alejara. Era el hombre más arrogante, cabezota y odioso que había conocido. Su única preocupación eran los caballos y no era capaz de sentir nada por otra persona, ni siquiera por Ignacio.

Pero, por desgracia, sus defectos lo convertían en un desafío. En el aspecto profesional Bella podía manejarlo bien, pero por lo demás estaba condenado a atormentar a cualquier otra mujer que tuviese más experiencia de la que ella tendría jamás.

Tras cerciorarse de que Coronel se quedaba descansando, Nero regresó al rancho para comer y asearse. No había ni rastro de Bella, y cada vez que oía una puerta abrirse o cerrarse levantaba la mirada de la mesa del comedor. María y Concepción estaban inusualmente calladas, como si el drama del partido también las hubiera afectado a ellas. Por primera vez en su vida había puesto a un caballo en riesgo, y seguía sin saber por qué. La única respuesta que se le ocurría era que habría hecho lo mismo por cualquiera. Por salvar una vida humana correría el riesgo que hiciera falta. No era nada personal. La implicación de Bella era una mera coincidencia.

Se estaba duchando cuando Ignacio llegó para decirle que Coronel sufría un cólico. Nero salió de la ducha a toda prisa, se puso unos vaqueros sin apenas secarse y corrió hacia las cuadras.

Bella se había quedado con Coronel desde que Nero se marchó. Él no sabía que estaba allí y ella no quería tener más enfrentamientos. Había acordado con Ignacio que, por el bien de todos, lo haría con la mayor discreción posible. Por eso había llamado al veterinario y había enviado a Ignacio en busca de Nero. No podía hacer nada más. Dejó a un tembloroso y debilitado Coronel en manos del veterinario y de Ignacio y abandonó rápidamente las cuadras para evitar encontrarse con Nero. Lo vio acercándose corriendo por el patio, pero no creyó que la hubiese visto.

Fue a ver a Misty y pasó un rato con ella. El patio estaba en calma y no había manera de saber lo que estaba pasando. Cuando salió de la cuadra de Misty apoyó la cara en la fría pared de piedra y cerró los ojos con fuerza. Era ridículo sentir lo que sentía por un hombre que no tenía el menor interés en ella y que solo quería aprovecharse de sus conocimientos sobre los caballos.

Se dio un baño y se metió en la cama, donde enterró la cabeza bajo la almohada y se negó a pensar en nada. O al menos lo intentó, porque a las tres de la mañana se despertó con un sobresalto. Tenía que saber lo que le había ocurrido a Coronel. Y Nero debía de estar durmiendo desde hacía horas.

Una vez tomada la decisión, la invadió una apremiante necesidad de levantarse. Ni siquiera se detuvo a recogerse el pelo. Se puso unos vaqueros y un jersey y salió corriendo de casa.

La clínica estaba abierta. Un estrecho pasillo que olía a desinfectante y animales mojados conducía al patio. No le costó encontrar la casilla de Coronel. Era la única que estaba iluminada y con la puerta semiabierta.

—Hola, Coronel —los brillantes ojos y las orejas erguidas del animal le confirmaron que se había recuperado.

Entonces advirtió otro movimiento en el establo. Escudriñó el espacio y vio que Nero dormía en el heno, con dos perros y el gato acurrucados junto a él. A Bella le dio un vuelco el corazón y se apartó lo más silenciosamente que pudo.

Al tocar la puerta con la espalda cerró los ojos. Un hombre con tanto amor por dar no podía ser malo...

El problema era que ella no sabía cuándo renunciar a él, pensó mientras volvía a la casa. Pero ¿por qué debía renunciar? Una chica podía soñar, ¿no? Nero era un producto de su entorno al igual que ella lo era del suyo. ¿Y qué si era un gruñón? También ella lo era de vez en cuando. Y desconfiada, arrogante y recelosa.

Lo primero que hizo a la mañana siguiente fue ensillar a Misty e ir a la clínica. No había ni rastro de

Nero, y la enfermara le dijo que habían soltado a Coronel en el pequeño prado junto a la clínica para observarlo de cerca. Seguía teniendo la pata inmovilizada, pero el cólico había remitido y el veterinario opinaba que era mejor que estuviera en movimiento.

Bella le dio las gracias a la enfermera y salió con Misty del recinto para contemplar la pampa. Se había acostumbrado a aquella región salvaje y hermosa, pero aquel día le parecía yerma y estéril. Desprovista de su encanto, no era más que una vasta planicie de tierra que se extendía hasta las montañas lejanas.

Se giró al oír los cascos de un caballo. A lo que aún no se había acostumbrado era ver a Nero a lomos de una montura. El pulso se le aceleró frenéticamente, a pesar de lo desagradable que había sido con ella el día anterior.

Pero entonces se recordó que Nero había pasado la noche con su caballo enfermo. Y que el pañuelo rojo que llevaba alrededor de la frente y de sus negros cabellos le confería un aspecto irresistiblemente sexy.

—¿Adónde vas? —le preguntó él—. ¿O vienes de vuelta? —se fijó en sus pantalones de montar, limpios de polvo y de barro, y tuvo su respuesta—. ¿Adónde vas?

—Buenos días a ti también —lo saludó, girando a Misty para reanudar su marcha.

—Espera.

La pequeña yegua reconoció la autoridad en la voz de Nero y se detuvo, esperando la siguiente orden. Bella no quiso confundirla y miró a Nero.

—¿Sí?

—Has de tener cuidado con las yararás si vas a

montar por ahí –le dijo con una voz desprovista de toda emoción.

–¿Las yararás?

–Serpientes venenosas. Son muy abundantes en esta época del año –la informó antes de darse la vuelta.

–¡Espera!

Nero volvió a girar el caballo.

–No te morderán a menos que se sientan amenazadas, pero los caballos se asustan al verlas.

–Gracias por el aviso.

–No hay de qué. Cuidado con los arbustos bajos y con las rocas.

–¿Eso es todo?

–¿Qué más necesitas saber?

Se miraron el uno al otro como si se prepararan para entrar en combate. Fue Bella la que rompió el silencio.

–Si tienes algo que decirme, suéltalo. No necesito mucho tiempo para hacer el equipaje.

–¿El equipaje? –repitió él con un gesto enfadado–. Tu trabajo aquí no ha terminado.

Bella no tuvo tiempo de reaccionar, porque Nero apretó la mandíbula e hizo una sorprendente confesión:

–Ayer me equivoqué –arqueó una ceja, como si la estuviera retando a refutarlo, mientras a Bella le parecía oír música celestial–. No debí haberte gritado. Ignacio me contó lo que hiciste por él... Fuiste muy valiente, Bella.

–¡No necesito tus halagos!

–Pero es la verdad.

–Tendré cuidado con las yararás –dijo, girando bruscamente a Misty.

–Bella...

Ella lo ignoró, cruzó la puerta del rancho y puso a Misty al galope. Nero la alcanzó con una facilidad pasmosa.

–Ya sabes que las emociones están a flor de piel durante un partido de polo.

–También sé que no tienes excusa –espetó ella–. Fuiste grosero conmigo.

–¿Grosero?

–¡Me gritaste!

–Y tú a mí.

Bella continuó cabalgando en silencio, pero solo podía pensar en la imagen de Nero durmiendo en el establo con los animales y su caballo enfermo.

–Fuiste a verme al establo –dijo él, montando con la naturalidad propia de un gaucho–, así que tan malo no puedo ser.

–Estaba preocupada por tu caballo.

¿Y por mí no? ¿Ni siquiera un poco?

–En absoluto –intentó dejar atrás a Nero, pero él cabalgaba con la misma tranquilidad que si estuvieran trotando por Windsor Park.

–Al menos estarás de acuerdo en que lo de Coronel son buenas noticias.

–Sí. Las mejores. ¿Has dormido esta noche? –le preguntó, intentando no mostrar demasiado interés.

–No mucho. ¿Y tú?

–Un poco –dirigió a Misty hacia la sombra de los árboles–. Me desperté en mitad de la noche y fui a ver a Coronel. Pensé que estarías en la cama.

Nero agarró su botella de agua y tomó un largo trago.

–¿Tienes agua? –le preguntó, tendiéndole la botella.

–Sí –hizo avanzar a Misty para ocultar el rubor de sus mejillas.

–Has olvidado recogerte el pelo, Bella...

Ella se disponía a agarrar la goma para el pelo que llevaba alrededor de la muñeca cuando se le ocurrió que Nero la estaba provocando.

–¿De qué tienes miedo? –le preguntó él, poniéndose de nuevo a su lado–. ¿Temes mostrar una cara más amable?

–Solo me preocupa enredarme el pelo cuando monto –respondió ella en tono suave–. Y tú no eres el más apropiado para hablar de una cara amable.

Nero se encogió de hombros.

–Pero yo no tengo miedo.

Ella, en cambio, sí lo tenía. Tenía miedo de algunas cosas y de algunos hombres, pero sobre todo de perder el control.

–Eres el Asesino. No conoces el miedo.

–Solo los tontos no conocen el miedo –replicó él, clavándole la mirada de sus ojos oscuros–. La diferencia es que yo no me acobardo.

Bella se alegró de llevar la camisa abotonada hasta el cuello y de los pantalones de montar, prácticos y nada provocativos. De ninguna manera se podría malinterpretar la situación. Aquello solo era un encuentro puramente casual entre el mejor jugador del polo del mundo y una experta en caballos que muy pronto volvería a casa.

Capítulo 12

BELLA desvió la atención hacia el caballo. Nero montaba un magnífico semental negro, mucho más grande que los ponis de polo. Debía de ser un descendiente de los caballos de guerra españoles de los que Nero le había hablado, y era realmente impresionante. Nero calzaba espuelas plateadas, y cuando giró al caballo en círculos para tranquilizarlo Bella vio que tenía el cinturón decorado con monedas también plateadas y que llevaba un facón, el típico cuchillo de los gauchos. Pero el detalle más interesante era que no se había afeitado y que parecía más amenazador que nunca.

—¿Echamos una carrera? —le propuso él con una sonrisa.

—¿Estás de broma? Misty no puede competir con este monstruo.

—Te daré ventaja.

—No seas tan condescendiente conmigo, Caracas.

Nero se encogió de hombros.

—Si no te crees capaz...

Bella apenas necesitó rozar a Misty con las espuelas para que la yegua captara el mensaje y se lanzara al galope.

¿Un desafío? Por supuesto que sí. Y que ganara el mejor.

—¡Eh! —la llamó Nero mientras salía tras ella—. ¡Se te ha soltado el pelo!

La idea de retar a la Doncella de Hielo lo excitaba enormemente, pensó Nero mientras tiraba ligeramente de las riendas. Alcanzarla sería lo más fácil del mundo, pero eso supondría el final de la carrera y, como buen cazador, la emoción de la persecución lo era todo.

Cabalgaron a galope tendido por la extensa llanura, con los cabellos ondeando al viento y las lejanas montañas nevadas de fondo. Bella nunca se había sentido tan libre y eufórica desde que llegó a Argentina. O tal vez por primera vez en su vida.

El ruido de los cascos tras ella le advertía que Nero se acercaba, y al girarse y ver su expresión supo que tendría que pagar las consecuencias si la alcanzaba.

Pero no se rendiría sin lucha. Se inclinó aún más sobre el cuello de Misty y las dos atravesaron la llanura como una flecha, pero solo era cuestión de tiempo que la fuerza bruta del semental superase la agilidad de la yegua. El cazador le ganaba terreno, tan seguro de sí mismo que Bella sintió una punzada de pánico. No había escapatoria ni lugar donde esconderse, tan solo kilómetros y kilómetros de campo abierto ante ellos. Necesitaría al menos comenzar con un kilómetro de ventaja para tener alguna posibilidad. De un momento a otro Nero y el semental las superarían, y aquella certeza la llenaba de furia, pavor y excitación.

Pero Nero no la adelantó. Debía de estar refrenándose. Misty era rápida, pero no podía competir con el caballo de Nero, quien a esas alturas ya debería ha-

ber desaparecido por delante de ellas en una nube de
polvo. Misty galopaba lo más rápido que podía. Tener al semental tan cerca había desatado en la yegua
un mecanismo primitivo de lucha, pero Bella descubrió entonces la verdadera intención de Nero. No
pretendía adelantarla, sino agotarla, sabiendo que Bella jamás pondría en riesgo a su montura.

La conocía demasiado bien.

Al sentir que Misty comenzaba a flaquear, la condujo hacia un bosquecillo de gomeros y le dio unas
palmaditas para felicitarla. Aunque fuera con ventaja
habían ganado la carrera.

Estaba temblando de emoción cuando se detuvo.
Al menos había acertado al decidir la línea de meta.
Bajo los árboles hacía una temperatura muy agradable y un riachuelo discurría por el terreno fértil y
suave, de modo que los caballos podrían beber. Desmontó de un salto y oyó que Nero se detenía tras ella
y bajaba a tierra.

–¿Y bien? –le preguntó ella, girándose con las manos en las caderas–. ¿No vas a felicitarme?

–Te has ganado mi respeto –concedió él–. Tienes
una buena yegua, Bella. Y la has adiestrado muy
bien.

–Vaya... Muchas gracias, amable señor –respondió ella con sarcasmo–. Perdóname si me equivoco,
pero tu tono insinúa que estabas muy seguro de poder
superarme en cualquier momento.

–No creerás de verdad que puedes vencerme,
¿verdad?

–Te he ganado.

–¿Y quieres que me postre a tus pies para reconocer mi derrota?

Bella bajó la mirada a sus labios y sintió la adrenalina en sus venas.

—No. Quiero algo más.

¿Se pensaba que estaba a salvo provocándolo? Nero ladeó ligeramente la cabeza, como si estuviera pensándolo, y al segundo siguiente Bella estaba en sus brazos.

La excitación de la carrera se le había subido a la cabeza, decidió Bella al tiempo que Nero la besaba en la boca con una pasión inesperada. Toda una vida de deseos insatisfechos e ilusiones frustradas llegó a su fin en un beso de verdad con un hombre de verdad en la indómita pampa argentina. Un beso más excitante de lo que Bella jamás había creído posible. El experimentado argentino y la inglesa fría y novata. Todo hacía presagiar un desastre, pero no fue así. Era fuego e hielo, lujuria y deseo, acción y reacción, gemidos de éxtasis y gruñidos de gozo en una imparable escalada de pasión. Hasta los caballos se habían alejado. ¿Quién lo habría imaginado? Finalmente la Doncella de Hielo se había derretido y había encontrado a su igual.

No... ¡No, no, no! ¿En qué estaba pensando? La suya era una relación profesional. Tenía que recuperar el control de la situación como fuera.

Lo cual no parecía muy factible teniendo en cuenta la pasión que ardía en sus venas. Si fuera cualquier otra mujer, podría abandonarse al momento y enfrentarse a las consecuencias más tarde de manera fría y profesional. Pero ella no. Jamás podría respetarse a sí misma si no ponía fin a la tentación.

—Por favor... —se apartó e intentó arreglarse el pelo con las manos—. Perdóname —añadió una risita que sonó falsa y artificial–. Normalmente no me comporto así. La excitación de la carrera, ya sabes... –miró a Nero y comprobó que se había equivocado al juzgarlo. Su expresión era una máscara de incredulidad y sarcasmo.

–¿Quieres que hablemos del proyecto ahora?

–Sí, sí, me encantaría –exclamó con alivio.

Apenas tuvo tiempo de ver la sonrisa de Nero y el destello en sus ojos antes de encontrarse otra vez en sus brazos.

–Yo no quiero hablar –murmuró él, y para demostrárselo le lamió y mordió el labio inferior hasta que Bella tuvo problemas para respirar.

Pero Nero ni siquiera había tomado posesión de su boca aún. Y cuando lo hizo, ella respondió como él debía de haberse esperado; se arqueó hacia delante y buscó el contacto en todas las zonas erógenas de su cuerpo.

Entonces, inesperadamente, él se separó y la dejó aturdida y confusa. Se había quedado deslumbrada por el maestro del control. Debía de ser por encontrarse en una tierra desconocida, rodeada por un entorno exótico en el que hasta el susurro de las hojas era diferente.

Todo era culpa suya, se convenció a sí misma mientras se recogía el pelo para dar a entender que el desliz estaba superado.

¿A quién intentaba engañar? A Nero no, desde luego, quien la miraba con expresión divertida.

–No hace falta que te recojas el pelo por mí.

–¿Quieres que sea la lady Godiva de la pampa?

–¿Crees que quiero verte desnuda?

Bella se encogió por dentro.

–Seguro que no.

Nero se sacudió la hierba seca de sus pantalones.

–¿Te preocupa decepcionarme?

–¿Por qué debería preocuparme? –preguntó, riendo–. Además, mientras no tengas ocasión de verme...

–Das por hecho que quiero verte.

Desde luego que sí, pensó Bella mientras iba en busca de Misty.

Y lo peor era que ella quería lo mismo.

Ahogó un gemido cuando Nero la agarró del brazo.

–¿Por qué siempre te echas atrás cuando estás en el borde, Bella?

–No lo hago.

–No me mientas. Lo he sentido mientras te besaba.

Bella se llevó la mano a la boca.

–¿Qué has sentido? –preguntó, fingiendo sorpresa aunque la prueba de su excitación había quedado grabada en sus labios.

–Ya sabes a lo que me refiero.

–¿Ah, sí?

–Te he visto en la pista de baile y he visto cómo te refugias en tu caparazón. Lo que no entiendo es por qué nunca te dejas llevar, por qué nunca te arriesgas a saborear la vida.

–¿Y si lo hiciera? –se rio–. Solo consigo empeorar las cosas.

–¿Crees que eres la única que comete errores, Bella?

Ella acababa de echar las riendas sobre la cabeza de Misty, y se disponía a meter el pie en el estribo cuando él la sujetó.

–Cuando era niño, siempre me estaba metiendo en problemas. Nunca hacía lo que me decían.

–¿Por qué será que no me sorprende? –preguntó ella en tono sarcástico, apoyándose en el costado de Misty–. Por lo que sé de tu abuela, imagino que no tardó en meterte en cintura.

Nero se echó a reír.

–Más o menos. Me dijo que si estaba empeñado en hacer siempre lo que me diera la gana, debería enfrentarme a un desafío de verdad.

–¿Qué edad tenías?

–Tenía casi nueve años cuando mi abuela me llevó a montar a caballo por la pampa. No llevábamos casi nada de comer –su expresión se tornó pensativa–. Con nueve años te crees invencible y que lo sabes todo... Mi abuela me dijo que no estaríamos fuera mucho tiempo y que apenas necesitábamos comida.

–¿Y tú no sospechaste nada?

–¿Por qué iba a sospechar? –frunció el ceño–. Estamos hablando de mi abuela.

–Precisamente.

Nero volvió a reírse.

–Debería haberlo imaginado cuando me preguntó si llevaba suficiente agua, pero en aquel tiempo era muy confiado.

–Supongo que ambos estábamos destinados a aprender la lección muy jóvenes –comentó Bella–. ¿Tu abuela te abandonó en la pampa?

–Sí, eso hizo. Acampamos y se aseguró de que tuviera algo que comer. Pero cuando me tumbé para descansar y planear mi próxima travesura, ella se escabulló.

—¿No la oíste alejarse?

—Mi abuela había aprendido las técnicas de los gauchos. Envolvió con trapos los cascos de su caballo y se alejó en silencio. Cuando descubrí que no estaba, ya debería de haber llegado al rancho.

—¿Cuánto tardaste en encontrar el camino a casa?

—Dos días.

—¿Y qué dijo tu abuela cuando apareciste?

—Nunca hablamos de ello... No le gustaba mostrar sus sentimientos.

Igual que su nieto, pensó Bella.

—Pero los mostró... a su manera —murmuró Nero en voz baja—. En cualquier caso, desde aquel momento Ignacio comenzó a desempeñar un papel más importante en mi vida, o quizá yo empecé a escuchar. Sabía que iba a necesitar todos los trucos de Ignacio para que nunca más volvieran a pillarme desprevenido. Dónde encontrar agua y comida en la Naturaleza, cómo atrapar un caballo desbocado, cómo entender a las mujeres...

—La lección más difícil de todas.

—Y que aún estoy aprendiendo —admitió Nero con una sonrisa de complicidad.

—¿Seguiste siendo un chico malo después de tu aprendizaje?

—¿Tú qué crees?

—Creo que canalizaste tus energías en una dirección muy diferente.

Nero se encogió de hombros y volvió a sonreír.

—No puedo opinar.

—Así que Ignacio ha jugado un papel crucial en tu vida...

—Ignacio y mi madre fueron las influencias más

importantes en mi educación. Todo lo que soy se lo debo a ellos. Pero ya basta de hablar de mí. Quiero saber más de ti. Quiero saber si pretendes vivir como la Doncella de Hielo el resto de tu vida.

—Tal vez. Hasta ahora no me ha hecho ningún daño.

—¿No? ¿Y por qué eliges ese camino cuando hay tanto por vivir?

Ella lo pensó un momento.

—Porque me siento segura.

—¿Segura? ¿Qué ocurrió para que te sintieras insegura?

—Nada...

—Algo debió de ocurrir para ponerte a la defensiva.

—Una tontería sin importancia —insistió ella con frustración. No quería hablar del tema—. Pero cuanto más tiempo pasa, más difícil es superarlo.

—Inténtalo.

—No es tan fácil.

—Nunca es fácil abrirse y compartir lo que llevamos dentro. Y si ocultas algo por mucho tiempo no puedes esperar que salga a la luz sin más. Todo el mundo teme que se le juzgue, Bella, o darle a algo más importancia de lo que tiene. Pero ese no puede ser tu caso, porque en todos los demás aspectos de tu vida eres una mujer extraordinariamente fuerte.

—Está bien —exclamó ella bruscamente—. Para que lo sepas, cuando era joven uno de los amigos de mi padre intentó propasarse conmigo.

—¿Y lo has mantenido en secreto todos estos años?

—A nadie le gusta quedar como una tonta dos veces. Pensaba que nadie me creería.

—¿Por qué no?

Ella se encogió tristemente de hombros.

—Él gozaba de una buena posición social. Yo no tenía nada.

—¿Posición social? —repitió Nero como si las palabras le hubieran quemado la lengua.

—Por aquel entonces yo solo era una cría, una adolescente que me paseaba por las cuadras como uno más de los chicos. Crecí rodeada de hermanos y nunca me interesaron las cosas de niñas. No sabía cómo vestirme ni maquillarme sin sentirme idiota. Cuando él me dejó, le dijo a todo el mundo del club de polo que yo era frígida. La gente empezó a reírse de mí. Al principio no sabía por qué, pero cuando lo descubrí...

Nero maldijo en voz baja.

—Olvídalo, Bella. Olvida a toda esa gente. No son dignos de tu recuerdo.

—¿Cómo puedo olvidarlos si son mi mundo?

—No, no lo son. Forman parte de tu vida profesional, pero tu mundo es otra cosa. Lo que ocurrió no fue culpa tuya. Eras joven e ingenua, pero lo superaste. Eres una superviviente, una mujer fuerte y decidida que ha sabido aprovechar el legado que te dejó tu padre. Creo que es un motivo para estar orgullosa.

—Lo dices como si todo fuera muy romántico y excusable, pero yo debí de provocar a ese hombre para que intentara algo conmigo.

—¿Cómo lo provocaste? ¿Con tu juventud? ¿Con tu inocencia? El hombre que te hizo eso ni siquiera es un hombre. No hay excusa para su comportamiento. Y ser fuerte no es ser romántica, Bella. Es hacer lo que la vida te exige. Cuando te llevan al límite te haces más fuerte, y eso fue lo que te pasó a ti.

–No pude resistirme –dijo ella, perdida en el pasado–. Era mucho más fuerte que yo.

–No tienes que contarme nada más.

–Al final desistió de intentarlo.

–No por falta de deseo –dijo Nero con enfado. La expresión desolada de Bella lo había traspasado como un cuchillo–. Debías de estar muerta de miedo.

–Sí... –respondió ella débilmente–. Cuando empezó a reírse de mí y me dijo que era fea y frígida, me quedé por los suelos. Pero más tarde, cuando me recuperé de la conmoción, solo me sentí furiosa. Y cuando la gente empezó a burlarse de mí y de mi padre, cambié para siempre, Nero. Me convertí en una luchadora. Me juré que ningún hombre ni mujer me controlaría jamás. Cuando la empresa de mi padre quebró, me puse a trabajar para ayudarlo a levantar el negocio y limpiar su nombre. Quería demostrarle al mundo que Jack Wheeler no estaba acabado.

–El apellido Wheeler es muy respetado en el polo –la interrumpió Nero–. Gracias a ti, Bella. Los problemas de tu padre quedaron eclipsados por el trabajo que hiciste en su nombre.

La abrazó y se sintió invadido por un arrebato protector y algo muy distinto por el hombre que la había acosado. Sin una madre que la aconsejara o amigas que la animaran a defenderse, había afrontado sola aquella terrible pesadilla. ¿Cómo no iba a costarle confiar en las personas? Solo su absoluta falta de vanidad había permitido que pasara tanto tiempo sin desahogarse con nadie, y Nero se sentía honrado porque lo hubiera elegido a él para sincerarse.

–¿Nero?

Bajó la mirada a sus afligidos ojos.

—Ojalá lo hubiera sabido antes, Bella.

—Bueno, pues ya lo sabes —dijo ella con un gesto despreocupado.

Él la agarró de la mano.

—Quiero que me escuches con mucha atención... Para intentar controlar tu vida te impusiste unas reglas más rígidas de las que nadie podría haberte impuesto. Has sido implacable contigo, pero ya es hora de dejar atrás el pasado, Bella. Olvídate de las cosas malas. Tienes mucho que dar. No es justo que te encierres bajo esa coraza de hielo.

Bella se dio cuenta de que se estaba abrazando y dejó caer los brazos.

—¿Cómo puedo hacerlo si me sigue doliendo cada vez que lo recuerdo?

—Te dolerá menos ahora que me lo has contado —le prometió Nero.

—Pero duele.

—Son viejas heridas, Bella, y acabas de hurgar en ellas.

Bella nunca se había sentido capaz de compartir su pasado con nadie ni de hablar de sí misma y, sin embargo, Nero había conseguido que lo hiciera. Además de su arrebatadora virilidad, poseía unas dotes curativas impresionantes, y en aquel momento las estaba empleando para tranquilizar a Misty. La pequeña yegua estaba impaciente por marcharse y agitaba la cabeza delante del semental de Nero, pero bastó un simple susurro de Nero para que se quedara quieta.

Bella estaba tan ensimismada con su técnica que la sorprendió cuando, en vez de montar, se sacó la camisa del pantalón, se aflojó el cinturón y se bajó la cinturilla para revelar unas cicatrices de escalofriante aspecto.

–Dios mío –exclamó Bella–. ¿Quién te hizo eso? –las marcas de los latigazos no dejaban lugar a dudas. Se las había hecho alguien con una crueldad deliberada. Comparadas con ellas, los traumas internos de Bella parecían insignificantes.

–Mi padre –respondió él sin la menor emoción mientras se ajustaba la ropa–. Me azotó hasta que tuve once años.

A esa edad murieron sus padres y su abuela volvió al rancho a ocuparse de él.

–Tu abuela debió de quedarse horrorizada al ver cómo te habían tratado.

–Nunca hablamos de ello.

–Pero para ella debió de ser muy duro, si tanto te quería.

–¿Quererme? –murmuró Nero con expresión distraída–. Adoraba a mi abuela, pero el amor era otra cosa de la que nunca hablamos.

Bella se entristeció al oírlo. El rechazo que Nero mostraba hacia el amor era preocupante, aunque comprensible. De niño se le había negado el afecto por un padre violento y borracho, y al no poder cambiarlo había aprendido a vivir sin amor.

–Así son las cosas –repuso él–. Si te enseño mis cicatrices es para hacerte ver que la brutalidad de mi padre no consiguió cambiarme. Tú tampoco debes permitir que tu pasado te controle y te impida seguir viviendo.

–¡No puedes comparar lo que me pasó a mí con la forma en que te golpearon de niño!

–Por espantoso que sea, hay niños que sufren castigos mucho peores. Por eso hemos organizado este proyecto, Bella. Tienes que valerte del pasado como un trampolín, no como un obstáculo.

El pasado no lo había cambiado, admitió Bella mientras Nero se giraba para ajustar la cincha del caballo, pero sí que había formado al hombre que era. Un hombre frío y desconfiado que no se atrevía a amar a nadie.

Metió el pie en el estribo y se aupó ágilmente a la silla.

—La vida no es fácil, ¿verdad, Nero?

—Si prefieres lo fácil, siempre puedes volver a Inglaterra —respondió él con una media sonrisa.

—¿Y dejar un trabajo a medio hacer?

—Sígueme hasta el rancho, Bella.

Se sostuvieron las miradas en un duelo silencioso. Los dos habían aprendido mucho el uno del otro en muy poco tiempo. Lo cual no era algo malo si iban a trabajar juntos.

—¿Y bien? —lo apremió ella—. ¿A qué estás esperando?

—Te estoy dando ventaja —le respondió con ironía—. Es lo justo, ¿no?

—¿Justo? —se echó a reír—. Ya verás... Te tendré el café preparado cuando llegues al rancho.

—¿En serio crees que vas a llegar antes que yo? —montó y espoleó al caballo—. Hasta la vista, Bella. Estaré dándome un baño cuando llegues.

Se alejó al galope, pero mantuvo una distancia prudente entre ellos. No tenía sentido cansar a los caballos y ninguno de los dos tenía que demostrar nada.

Todo lo que había intuido de Bella era cierto, pero no se había imaginado hasta qué punto ardía de deseo. Si lo había detenido era por la falta de confianza en sí misma. La confianza lo era todo, pensó mientras reducía el paso al oír que Bella se quedaba atrás.

Le gustaba mucho más por haber aceptado sus cicatrices, pero era tan testaruda como su abuela. Jamás admitiría sus debilidades, pues temía dar una imagen débil y vulnerable. Por desgracia para ella, a él lo había criado una mujer así y sabía muy bien lo que escondía su fachada.

Se pusieron al trote al acercarse al rancho. No quería hacerle daño a Bella, pero nada había cambiado.

Todavía la deseaba.

Capítulo 13

LA CULPA de todo la tenía el tango. Siempre había llevado una vida ordenada y controlada al máximo, pero el tango le había hecho enfrentarse a sus pasiones y aceptar que era humana. Y todo eso en los primeros treinta y dos compases. No era una persona exactamente nueva a ese nivel, pero Ignacio había conseguido demostrarle que la pasión era tan necesaria como el control, tanto en el baile como en la vida. Aunque aún le quedaba mucho por aprender, estaba claro que ya no podría volver a ser como era antes.

Para los días siguientes al partido de polo se habían organizado varias fiestas, e Ignacio accedió a darle unas cuantas clases particulares. Bella descubrió que el granero tenía muchos usos y que no todos ellos implicaban el riesgo de encontrarse a Nero a solas. Ignacio llegó con un viejo equipo de música y procedió a entrenarla con la misma firmeza y paciencia con que adiestraba a los ponis de polo. Bella aceptó que nunca sería una experta, pero al final de las clases comprobó que había mejorado mucho.

–No tengas miedo de liberar tus pasiones, Bella –le aconsejó Ignacio tras un pobre intento–. De esa manera el contraste será mucho más fuerte cuando te controles y la gente se estremecerá de emoción en sus asientos... ¡Bravo! –exclamó con entusiasmo cuando lo hizo bien.

¿Temblaría Nero en su asiento? A Bella no le parecía muy probable.

Nero siguió con la mirada a Bella cuando la vio llegar a la fiesta. Su aspecto era impresionante. La transformación de la Doncella de Hielo a la Reina del Tango se había completado y Nero se sintió molesto cuando atrajo las miradas de todos los hombres presentes.

Antes de que pudiera llamarla, uno de los jóvenes mozos más apuestos del rancho la sacó a la pista de baile. Nero entornó los ojos cuando Ignacio lo saludó con su copa desde el otro extremo del salón. Maldito viejo...

Pero no pudo evitar una carcajada. Al parecer aún tenía que aprender algunas cosas de Ignacio. Y Bella también las había aprendido, desde luego, porque... había que ver cómo bailaba. Todo el mundo hacía cola para bailar con ella, incluso los más jóvenes imberbes. Y, naturalmente, Bella estuvo encantada de bailar con todos ellos. La alegría de vivir que Nero había atisbado en la fiesta de polo en Londres se había desbordado finalmente.

Nero le devolvió el brindis a Ignacio, quien asintió con la cabeza mientras Bella seguía bailando con los niños del proyecto, los chicos del establo... y con los hombres.

Nero estuvo a su lado en cuestión de segundos.

Ella lo miró. Tenía los labios carnosos y brillantes, pintados con un carmín que nunca antes había usado.

–Nero –lo saludó provocativamente. Llevaba el pelo severamente recogido, pero en esa ocasión se le podía perdonar porque era el estilo apropiado para una fiesta de tango. Sus ojos parecían más brillantes por el maquillaje. Olía deliciosamente. Y el vestido, de color plateado, escotado y con un corte a lo largo del muslo, era la clase de atuendo que llevaría una bailarina profesional.

La hija de María, pensó Nero inmediatamente. Carina era una famosa bailarina de tango en Buenos Aires y tenía la misma talla que Bella. Ya había notado que María se había asegurado de que todas las chicas lucieran los vestidos más bonitos, y el atuendo de Bella era un ejemplo más de la aceptación que tenía entre el personal del rancho. Había oído rumores de que Ignacio le había estado dando clases de baile, y no era ningún secreto que el viejo les había buscado ropa elegante a los chicos para la fiesta. Pero era Bella y solo Bella la que interesaba a Nero en esos momentos. No era solo el vestido; su rostro brillaba con una arrolladora seguridad en sí misma, como una actriz dominando el escenario. Si tenía que aguardar su turno para bailar con ella, se quedaría esperando toda la noche.

No estaba dispuesto a esperar tanto.

–¿Quieres una pareja que te enseñe cómo se baila? –le preguntó, interponiéndose entre ella y Nacho, propietario del rancho vecino y uno de los mujeriegos más famosos de Argentina.

–Ponte a la cola, Caracas –le respondió ella con un destello seductor en los ojos.

–Nero nunca espera –murmuró Nacho, y se retiró como requerían los buenos modales.

Nero miró con expresión triunfal los ojos y los labios de Bella. Aquellos labios iban a ser suyos, pensó mientras la sacaba a la pista. Era como contener una corriente eléctrica en los brazos.

–Tranquila... Seré amable contigo.

–Y yo contigo –le aseguró ella mientras esperaban a que comenzara la música.

Nero observó su postura, firme y serena. No se parecía en nada a la mujer que había bailado torpemente con él en Buenos Aires.

Ella se apartó al comenzar la música y, con un brillo de provocación en sus ojos verde esmeralda, se alejó de su alcance en un giro que él nunca la hubiera creído capaz de ejecutar. La agarró de nuevo y tiró de ella para imponer su voluntad, pero ella arqueó una ceja y lo apartó de un empujón.

Nero le dijo con los ojos que aceptaba el reto, y cuando volvió a agarrarla a ella no le quedó más remedio que seguirlo. Al principio se resistió, pero no tardó en relajarse. Nero advirtió que atraían las miradas del resto. O mejor dicho, era ella la que suscitaba interés. Era su pareja perfecta, y el hecho de estar bailando juntos y con tanta intensidad llamaba la atención.

Ignacio los observaba desde las sombras, y Nero supo que había disfrutado mucho entrenando a Bella para que pudiera defenderse cuando se encontraran en la pista de baile.

¿Defenderse ella? Más bien al contrario. Bella se había transformado en todos los aspectos, por dentro y por fuera, y la sensualidad que irradiaba la convertía en el centro de todas las miradas. Era una mujer renovada que se había encontrado a sí misma y que sabía lo que quería. Y solo él podía llenar los huecos que quedaban en su vida.

–¿Adónde vamos? –le preguntó ella mientras atravesaba el patio con Nero. Se plantó firmemente en el suelo y se negó a dar un paso más hasta que Nero no le explicara por qué la había sacado de la fiesta.

–No me gusta exhibir mi vida privada delante de los demás.

–Creía que no te importaba lo que pensaran los demás –intentó soltarse, pero él la agarraba con firmeza del brazo.

–Y no me importa –la miró intensamente–. Estás increíble esta noche, Bella. ¿Pensabas que podrías pasar desapercibida con este vestido?

–¿Estás celoso, Nero?

–¿Celoso?

–¿Te arrepientes de haber bailado conmigo cuando había tantas mujeres importantes en la fiesta?

–¿Qué dices?

–¿O acaso no te gusta mi vestido?

–Es ideal para llamar la atención, desde luego –el brillo de sus ojos hizo que a Bella le hirviera la sangre en las venas.

–¿Los hombres me miraban? –adoptó una pose para provocarlo aún más. Tenía que llevarlo hasta el límite–. Te gustaba llamarme la Doncella de Hielo, pero no parece que te guste esta otra faceta...

–Eso no es cierto. Me gusta mucho.

–¿Cuánto? –se estremeció deliciosamente cuando la temible expresión de Nero dio paso a una sonrisa desafiante.

Estaba jugando con ella, tratándola como a uno de

sus ponis, atrayéndola hacia él para luego abando-
narla.

–Voy a volver a la fiesta.

–No lo creo.

Bella apretó los puños y lo golpeó en el pecho,
pero la parte inferior de sus cuerpos seguía en contacto y la pasión era tal que podrían prenderle fuego
al granero. ¿Había sido el propósito de Nero provo-
carla desde el principio? Nero nunca hacía nada sin
una buena razón. Era un seductor consumado y no le
importaba que ella fuese la Doncella de Hielo. Siempre había sabido cómo hacerla arder...

Deberían haber llegado a la casa, a una habitación,
a una cama. Solo consiguieron llegar a la mitad del
patio cuando Nero tiró de ella y la atrapó entre su
cuerpo y la puerta del granero. Colocó una mano a
cada lado de su cabeza y la besó en las orejas, los labios, las mejillas y el cuello, provocándole oleadas
de calor por todo el cuerpo. Bella sentía los pechos
hinchados y pesados y una dolorosa palpitación entre
las piernas. Y cuando consiguió enfocar la mirada
solo pudo ver la picardía que brillaba en los ojos de
Nero.

Solo necesitó rozarle ligeramente el labio con su
boca para avivar sus sentidos. La excitación la dominaba y el calor y la fuerza de Nero la envolvían. Ya
no podía pensar en apartarse ni alejarse de él. El sentido común la había abandonado. Se deleitó con una
pequeña victoria al oír el gemido de Nero cuando sus
lenguas se entrelazaron. Los besos se hicieron más
acalorados y apremiantes, hasta que Nero abrió la
puerta del granero con el hombro y la metió en el interior. El silencio era total, la estructura los aislaba

del ruido de la fiesta, y cuando él atrancó la puerta con la pesada barra de hierro Bella supo que nadie podría molestarlos.

Nero la llevó de espaldas hacia el heno. Ella se aferró a su camisa y tiró de él al tumbarse en el suave colchón. Tal vez solo fuera el sueño de una noche, pero no tenía intención de despertarse todavía. Cada roce de Nero era una exquisita caricia, cada mirada una promesa de que con él estaría a salvo...

Le desató las correas de los zapatos y los arrojó a un lado.

—No llevo casi nada debajo del vestido —le avisó ella, sintiéndose cohibida de repente.

—Excelente —dijo él mientras le bajaba la cremallera.

—Nero... —se encogió cuando le bajó los tirantes del sujetador.

—No tendrás miedo de mí, ¿verdad?

—¿De ti? Claro que no —estaba más asustada de lo que sentía por él—. No tengo miedo de nada.

—Solo los tontos no conocen el miedo —le recordó Nero, besándole el hombro y la curva de los pechos. Ella suspiró y él le quitó el sujetador—. Si fuera el amo del mundo...

—¿Serías un tirano? —preguntó ella con la voz entrecortada por los gemidos de placer.

—Prohibiría hacer lencería con tela reforzada —le acarició el pezón con la punta de la lengua—. ¿Cómo has podido meter esa cosa tan horrible bajo un vestido tan divino?

—Con mucha dificultad.

—¿Eres virgen?

—¿Qué clase de pregunta es esa?

—Es una pregunta perfectamente razonable. Y si lo eres ahora sería un buen momento para decírmelo. Vamos, Bella, la respuesta solo puede ser sí o no.

—O sí... y no.

Nero frunció el ceño.

—Será mejor que te expliques.

Bella nunca había hablado de sus intimidades, ni había conocido a ningún hombre al que le interesara conocerlas.

—Pues claro que no soy virgen. ¿Cómo iba a serlo a mi edad? —añadió con una risa nerviosa.

—Muchas mujeres de tu edad lo son, por no haber encontrado al hombre adecuado o por cualquier otro motivo. No es ningún crimen, Bella.

Cierto. Pero no había esperado oírselo decir a Nero. Siempre había creído que para una mujer de su edad era un tabú admitirlo.

—¿Cuál es tu motivo? —le preguntó él con delicadeza.

La rendición. La pérdida de control. Depositar su confianza en otra persona. Nunca había confiado lo suficiente en nada para dejarse llevar. Pero ¿cómo podía explicárselo a Nero?

—Las personas pueden controlar tu vida.

—Solo si tú les dejas —replicó él entre un beso y otro—. Yo nunca haría eso. Te respeto demasiado, Bella.

Ella lo miró a los ojos mientras él le acariciaba el pelo.

—Tienes que olvidarte del pasado —insistió él con suavidad—. Extraer las lecciones y seguir adelante.

—He seguido adelante —declaró ella con vehemencia.

–Por supuesto –afirmó él, riendo–. Nadie ha conseguido más que tú, mi pequeña tigresa.

–Tenía... tenía que defender a mi padre.

–¿Tu héroe?

–Siempre fue mi héroe –admitió ella, recordando los maravillosos momentos que había vivido con el hombre al que adoraba–. Tenía que demostrarle al mundo qué clase de hombre era.

–Y lo hiciste –le aseguró él–. Ya va siendo hora de que pienses en ti, para variar.

Mientras la besaba, Bella pensó que tal vez a largo plazo podría hacerlo... si no fuera por el defecto que ocultaba.

–No puedo –dijo, zafándose del abrazo de Nero.

–¿No puedes? –arqueó las cejas, pero sus ojos despedían más calor y pasión que nunca.

–Me has preguntado si soy virgen. Y no sé cómo responderte, porque si te digo que lo soy no es del todo cierto y... Lo que quiero decir es que lo he hecho y no lo he hecho.

–¿Fue una mala experiencia?

–Lo bastante mala para no volver a intentarlo –intentó parecer irónica, pero la voz se le quebraba y las mejillas le ardían–. Lo que intento decirte es que lo hice en una ocasión, pero no llegué a ese punto del que todo el mundo habla. Así que, dime, Nero, ¿en qué me convierte eso?

–En la mujer a la que deseo –dijo él, abrazándola–. Y si nunca has tenido un orgasmo, estás a punto de tener el primero. De modo que... abróchese el cinturón de seguridad, señorita Wheeler.

Ella protestó débilmente, pero él la ignoró y le quitó el vestido como si tuvieran todo el tiempo del mundo. Cada centímetro de piel que iba descubriendo lo cubría de caricias, besos o suaves mordiscos. Finalmente Bella se encontró desnuda, expuesta y vulnerable ante él. Pero era demasiado tarde para dar marcha atrás. Y la verdad era que no quería dar marcha atrás.

Él la estrechó en sus brazos y le soltó el pelo para que le cayera sobre los hombros,

–Eres preciosa, Bella Wheeler –le susurró.

No lo era, pero Nero la hacía sentirse hermosa y deseable por primera vez en su vida. La sensación le dio las fuerzas y el valor que necesitaba. Le desabrochó la camisa a Nero y se la quitó para admirar su poderosa musculatura. Le acarició la mejilla y se estremeció con la promesa que brillaba en sus negros ojos.

Él agachó la cabeza y volvió a besarla.

–¿Tienes dudas? –le murmuró al oído, haciéndola vibrar con su cálido aliento.

–Ninguna –respondió con voz temblorosa. La pasión era más fuerte que el miedo a revivir el pasado. Bloqueó los malos recuerdos y pensó en un futuro muy distinto con el hombre al que amaba. Entrelazó los dedos en los cabellos de Nero y lo mantuvo pegado a ella.

Nero sintió su inquietud y la besó para tranquilizarla. Cuando el beso se hizo más intenso, le dio la vuelta para besarle las piernas, los muslos y las nalgas. Ella gimió con anticipación, se olvidó de todo salvo de lo que estaba viviendo y separó un poco más las piernas. Nero volvió a girarla para ver el placer que ardía en sus ojos mientras le acariciaba el sexo. Pero entonces retiró la mano y sonrió al ver su decepción.

–Aún no –le dijo.

–Por favor... –le suplicó, retorciéndose contra él.

Nero le lamió un pecho a conciencia y luego el otro. El calor de su boca, la pericia de su lengua y el roce de su barba incipiente se combinaban para llevarla a la perdición. Nero se rio y la besó en la comisura de los labios hasta que ella giró la cabeza para mirarlo. Entonces la estrechó en sus brazos sin dejar de besarla y se tumbó con ella en el heno.

–Ahora –lo apremió. Se deslizó sobre él para ofrecerle impúdicamente el vientre y la cara interna de los muslos y soltó un grito triunfal cuando Nero le separó las piernas con sus anchos hombros. Echó la cabeza hacia atrás y ahogó un intenso gemido de placer.

Pero eso no le bastaba.

–Me rindo –dijo Nero cuando ella se colocó encima.

–Estupendo... –lo besó en la cara, el cuello, los hombros y el pecho.

–No te pares.

Bella no tenía intención de parar, aunque sintió una sacudida al besarle el abdomen. El cuerpo de Nero era perfecto. Soltó una suave exclamación cuando ella le acarició los muslos, antes de tocarle el bulto de la erección. Intentó sopesarla y medirla a través de la estirada tela de los pantalones, y se preguntó si podría rodearla con una sola mano. Solo había un modo de descubrirlo...

–Adelante –la animó Nero mientras ella bajaba un dedo por la cremallera metálica.

–Eres un desvergonzado –le reprochó ella burlonamente cuando lo vio con los brazos detrás de la cabeza.

–No sabes cuánto...

Bella le bajó la cremallera y liberó su erección. La duda quedaba resuelta: dos manos.

Agachó la cabeza y se llenó la boca con su miembro.

Capítulo 14

POR unos instantes Nero se sintió completamente perdido, incapaz de moverse y pensar. El placer era demasiado intenso. Bella lo había sorprendido de verdad. Nunca se hubiera imaginado que pudiera ser tan atrevida e instintivamente sensual. Le acariciaba la punta con la lengua y lo lamía y succionaba de una manera enloquecedora.

Pero él también quería complacerla. Sin perder el contacto con su boca, la giró para besarle el cuerpo hasta alcanzar su sexo. Ella gimió y se retorció en el heno y él aprovechó para terminar de desnudarse. Le separó los muslos y volvió a lamerla con avidez, incrementando poco a poco a la presión. Bella estaba tan mojada y excitada que cuando Nero le separó los labios para reclamar su parte más íntima, ella lo apremió con una impaciencia desesperada. Y cuando Bella comenzó a chuparlo de nuevo, el intercambio de placer fue superior a cualquier cosa que Nero hubiera experimentado.

Nero la llevó tantas veces al borde del orgasmo que Bella se maravilló de su habilidad. ¿Cómo sabía cuándo retirarse? ¿Clarividencia? ¿Intuición? Fuera lo que fuera, ella estaba encantada de que poseyera aquella habilidad. Y en cuanto a los temores por no estar a la altura... ¿Qué temores? Cuando Nero le dio la vuelta y se colocó sobre ella no podría haber sido frígida ni aunque lo intentara. Nunca había sentido nada igual. Nunca se había creído capaz de albergar sensaciones tan intensas.

Nero la torturó con la punta de su erección mientras la agarraba por los glúteos.

–Por favor... No me hagas esperar más.

Añadió una descarada petición en un lenguaje que jamás había usado, pero Nero no pareció alarmarse. La miró a los ojos y la besó con dulzura mientras la penetraba y colmaba con su cuerpo.

–Sí... sí... –gritaba ella, sacudida por un placer imposible. Él esperó a que se relajara antes de volver a moverse, y cuando lo hizo ella gimió con asombro al comprobar que el placer era posible y real.

Nero la penetró hasta el fondo y volvió a retirarse lentamente. Ella gritó con frustración y lo mordió y le clavó los dedos en los hombros. Pronto se quedó sin aliento, mientras él comenzaba a moverse a un ritmo constante y seguro, acercándola al punto culminante. ¿Cómo era posible estar tan cerca del borde y aun así sentirse segura? El tango tal vez la hubiera llevado hasta allí, pero aquel era el mejor baile del mundo. Estaba meciéndose en una laguna de placer, esperando a que las aguas se desbordaran tras sus ojos cerrados.

–Mírame, Bella –le ordenó.

Ella obedeció, y con una embestida final Nero le dio lo que llevaba esperando toda su vida. Un placer inconmensurable explotó en su interior, una lluvia de estrellas fugaces invadió su cabeza y una sucesión de violentos espasmos la sacudió de arriba abajo. Y así continuaron hasta que quedó completamente exhausta y flotando en un suave oleaje.

–¿Más? –le preguntó él.

¿Por qué sonríes? –le preguntó ella, aturdida y casi sin fuerzas para hablar.

–Con una sola vez no basta...

–Tienes razón. Será mejor que vuelvas a hacerlo para asegurarme de que no estaba soñando.

Él se rio y se la colocó encima.

–Te toca. Móntame y goza a tu antojo. Úsame como quieras.

Ella también se rio, sintiéndose libre, fuerte y segura. Tan segura, que no detectó el extraño destello en los ojos de Nero. Aún seguía maravillada por su liberación sexual. Nero le había enseñado que así era como debía ser... y cómo sería en lo sucesivo. Era único. El destino los había unido. Compartían muchas cosas, y no solo aquella pasión. Nero era un amigo en quien confiaba y se había convertido en su amante. ¿Qué podría ser más perfecto?

Ahogó un grito cuando las manos de Nero empezaron a controlar sus movimientos. Con una guiaba sus caderas mientras con la otra le daba placer. Abrió la boca con un gemido de sorpresa cuando volvió a llevarla al borde. Incapaz de pensar en nada, dejó que acabara lo que había empezado y se abandonó al éxtasis mientras gritaba su nombre y quizá susurrando que lo amaba.

Nero la mantuvo en sus brazos, acariciándole el pelo, hasta que ella se durmió y él se quedó con la mirada perdida en las sombras del granero.

Bella se despertó al sentir el sol en los párpados cerrados. Se estiró como una gata satisfecha y alargó un brazo. Al tocar el heno tardó unos segundos en ordenar los recuerdos. La fiesta... Nero... La noche más increíble de su vida...

Pensamientos deslavazados y unidos por una sola certeza. Estaba enamorada. Nero era el hombre al que amaba. Gracias a él había dejado de ser la Doncella de Hielo para convertirse en algo muy diferente, y Nero había sellado su amor al demostrarle que sentía lo mismo. Habían compartido risas y confidencias y habían hecho el amor de la forma más maravillosa posible.

Entonces... ¿dónde se había metido Nero?

Lo llamó, aunque no esperaba una respuesta. Debía de estar en las cuadras con los caballos. A ella la había dejado descansar e incluso le había llevado una manta de la casa. Bella se arropó y suspiró de felicidad.

Pero no podía quedarse allí todo el día, cubierta tan solo con una manta. Nero le había doblado la ropa. Estaban tan pulcramente apiladas que Bella sintió una extraña inquietud. La noche anterior había sido caos y desenfreno. ¿Pensaría Nero lo mismo? ¿O quizá intentaba encontrarle algún sentido a la pasión que los había consumido a ambos?

No quería llenarse la cabeza con pensamientos negativos. Se incorporó y se envolvió con la manta. Le dolía todo el cuerpo, pero era un dolor muy agradable. Lo imposible había sucedido. Tenía algo con Nero, profundo y especial. Por primera vez en su vida se sentía como una mujer de verdad, amada y completa. La Doncella de Hielo se había ido para siempre. Bella Wheeler tenía una nueva vida por delante. Se vistió rápidamente y no se molestó en recogerse el pelo. No tenía sentido, si se iba a duchar nada más llegar a la casa. Y además, a una mujer amada y satisfecha no la preocupaba llevar el cabello suelto. Abrió la puerta del granero, pero volvió a cerrarla rápidamente y abrió una rendija. Nero estaba de espaldas a ella y hablaba con un par de gauchos. Uno de ellos sostenía las riendas de Misty, ensillada y lista para que Nero la montase.

¿Y qué? Era parte del trato. Nero debía montar a Misty. Ella quería que lo hiciera. Siempre había sido muy considerado al respecto y no había intentado interponerse entre ella y su poni favorito mientras se alojaba en el rancho.

Echó otro vistazo y el corazón se le aceleró. Nero estaba arrebatador, con una camiseta azul marino que realzaba su bronceado y el pelo mojado por la ducha. Llevaba pantalones de montar limpios y botas pulidas, y sus musculosas piernas le parecían increíblemente apetitosas a Bella después de haberlas besado y lamido. La conversación en español le resultó incomprensible, pero por los gestos de Nero parecía estar diciéndole a los gauchos que devolvieran a Misty a las cuadras y que la tuvieran lista para Inglaterra... el nombre del país era inconfundible.

Al infierno con lo que pensara la gente de ella. Se colgó las sandalias a la muñeca y salió descalza en su vestido de tango para enfrentarse a Nero.

Los gauchos se habían llevado a Misty y Nero estaba cabizbajo y con una mano en la nuca, como si cargara un gran peso sobre los hombros.

Bella tragó saliva. No podía fingir que no sabía lo que estaba pasando. Su tiempo en Argentina llegaba a su fin. Los dos habían sabido desde el principio que solo sería una estancia temporal. El proyecto con los niños había sido un éxito; todos querían repetir la experiencia y habían prometido que se lo recomendarían a sus amigos. Y el príncipe estaría complacido.

–Buenos días, Nero –lo saludó jovialmente.

–Bella –respondió él, pero sus ojos estaban apagados.

Gracias a él se había hecho fuerte, y era el momento de ser fuerte para ambos.

–Ha llegado el momento –ladeó la cabeza–. Ha sido...

–No –la cortó él.

–Es hora de que me vaya, Nero –se giró y caminó hacia la casa sin mirar atrás. En el fondo siempre había sabido que Nero no le pediría que se quedara. Él era un espíritu libre a quien la vida había enseñado que solo podía ser feliz estando solo. Y a ella le había dado todo lo que podía.

Y era mucho más de lo que podía esperarse, pensó mientras las sombras de la hacienda se cernían sobre ella. Nero la había hecho creer en ella y la había ayudado a descubrir su belleza interior. Había hecho el amor con Nero Caracas, el Asesino, el héroe nacional, el soltero más deseado del mundo y el seductor más implacable de Argentina. ¿Cómo podía aspirar a algo más con él? Ella era una profesional y su vida era el polo, no los jugadores de polo.

Solo necesitaba un minuto para ordenar sus pensamientos y continuar el día.

El día... ¿Y qué pasaba con el resto de su vida?

Nero se pasó la mañana preparando el transporte para Bella y su poni a Inglaterra. Viajarían en su avión privado, naturalmente, y acompañadas por uno de sus veterinarios. No podía hacer más por Bella. Nunca podría hacer lo bastante para ella. Su objetivo en la vida era ser el mejor y hacer que su abuela e Ignacio se sintieran orgullosos. En su futuro solo había lugar para el rancho y el poclo.

Bella tendría que haber continuado siendo la Doncella de Hielo en vez de abrirse a él, porque el corazón de Nero seguía siendo una roca impenetrable. No podía apartar a Bella de su exitosa carrera y apagar el fuego de sus ojos esmeralda. No tenía derecho a hacerle eso cuando ella había hecho todo lo que el príncipe y él habían esperado y mucho más. No podía quedarse con su poni.

No podía amarla...

Lo único que sabía del amor era que lo destruía todo a su paso. Ni siquiera quería pensar en ello. Él y Bella habían disfrutado de una corta relación profesional y eso era todo.

No debería haberla seducido, porque ya nunca podría dejar de pensar en ella. Su única opción era enviarla de vuelta a casa antes de que él lo echara todo a perder. Bella debía volver a Inglaterra y concentrarse en su trabajo. El trabajo servía para construir, como él había reconstruido el rancho. El amor solo servía para destruir. Él deseaba a Bella, pero ¿qué podía ofrecerle que no la apartara de la vida que se había construido al otro lado del mundo?

No había nada más que decir, pensó Bella. Extraño y triste. Ella debía marcharse y Nero debía quedarse. Había empezado a hacer el equipaje después de ducharse. Cuando bajó a la cocina encontró a Nero tomando café, como en un día cualquiera. Era un día cualquiera, salvo por la insoportable tensión que se respiraba en el aire.

—Gracias, María —le sonrió afectuosamente al ama de llaves cuando esta le ofreció una taza de café, pero se giró rápidamente para no ver su expresión. ¿Cómo podía saberlo María? ¿Acaso todo el mundo en la pampa tenía un sexto sentido?

No, definitivamente no era una mañana cualquiera en la cocina. Nero terminó su café, dejó el periódico y se levantó. Su imponente estatura le recordó a Bella lo pequeña y segura que se había sentido en sus brazos.

—Cuando tengas un momento, debemos hablar de los preparativos de tu viaje.

—Claro, pero antes quiero hablar con los niños. Y con Ignacio. Quiero que se enteren de mi marcha por mí —se dio la vuelta hacia María—. Y me gustaría que me dedicaras unos minutos de tu tiempo, María. Voy a echaros de menos a todos.

María no respondió y se limitó a abrazarla fuertemente. Las dos tenían lágrimas en los ojos.

—Estaré en las cuadras —dijo Nero mientras se alejaba.

Bella miró por la ventanilla mientras el avión se elevaba en el cielo. Se sentía como si estuviera unida a Argentina por un cordón umbilical y que ese cordón se estuviera estirando hasta romperse. Bajo ella solo había un espeso manto de nubes. Podría haber estado en cualquier parte, en dirección a cualquier sitio.

Apartó la vista de la ventanilla y, con un nudo en la garganta, le respondió amablemente a la azafata que le preguntaba si necesitaba alguna cosa. La mujer la dejó tranquila enseguida, como si sintiera que estaba hurgando en alguna herida.

Bella hojeó distraídamente el dossier que tenía delante. Contenía los documentos, las fotografías y las citas de los niños que había recopilado para enseñárselo al príncipe. Podría haberlo mandado por e-mail, pero quería, necesitaba tener una prueba concreta del tiempo que había pasado en Argentina.

Echaría de menos a los niños, pensó al fijarse en una foto de grupo. Los antiguos pandilleros urbanos se abrazaban como un equipo y sonreían a la cámara. Y a Ignacio, vestido para la ocasión con la típica ropa de gaucho. A María y a Concepción, risueñas y encantadoras. Y a Nero, elevándose sobre el resto, imponente y arrebatador con su uniforme de polo, el viento agitándole los cabellos y el puño apoyado en la valla.

No iba a llorar.

Nunca se hubiera imaginado que las lágrimas contenidas pudieran doler tanto...

Levantó la copa que la azafata había llenado de champán e hizo un brindis silencioso por los amigos ausentes.

Capítulo 15

LA VIDA se volvió triste e insípida en cuanto Bella se marchó de Argentina. En el rancho reinaba una atmósfera sombría y el humor en las cuadras no era mucho mejor.

–Todo el mundo la echa de menos –se quejó Ignacio.

–¿Hay necesidad de decirlo? –murmuró Nero.

Los niños se habían marchado y Nero e Ignacio se habían quedado atrás para despedirlos, pero la pregunta que todos se hacían era dónde estaba Bella, cuándo regresaría y si estaría allí el año próximo.

–Tal vez –era la única respuesta que Nero podía darles–. Está muy ocupada.

Se sentía como si estuviera escurriendo el bulto, pero no conseguía engañar a nadie. Para empeorarlo todo, Bella les había dejado a los niños un vídeo instructivo. Los niños se rieron como locos al verlo, y no solo por el divertido español de Bella. En el vídeo recordaba sus primeros días en el rancho y hacía balance de sus errores en una divertida autocrítica para conseguir que los chicos se sintieran mejor.

Bella les había dado algo en que pensar, reflexionó Nero mientras se dirigía hacia las cuadras para ensillar su caballo.

Al entrar se detuvo en seco.

–¿Qué ocurre, Ignacio? –nunca había visto a su amigo tan anonadado, y lo primero que pensó fue que le había pasado algo grave a un caballo–. ¿De qué caballo se trata?

–Será mejor que lo veas por ti mismo –respondió Ignacio, echándose hacia atrás.

–Le ha dejado una nota –dijo uno de los mozos, poniéndole un sobre en la mano.

–Ahora no –espetó él, buscando al caballo enfermo o herido. Pero entonces se detuvo–. ¿Quién me ha dejado una nota?

–Bella –dijo el mozo.

Nero abrió el sobre y leyó rápidamente el contenido: *Contigo tendrá una vida mejor.*

Dejó caer la carta y el sobre al suelo y abrió la puerta de la casilla.

–Misty...

La imagen de la pequeña yegua en su cuadra lo impactó con fuerza, y se vio invadido por unos sentimientos que nunca se había permitido albergar. Bella había sacrificado parte de su corazón por él... y por la yegua que tanto amaba.

–No, no puedo hacerlo –dijo Bella, sacudiendo la cabeza.

–Pero debes hacerlo –insistió su ayudante. Agnes Dillon había trabajado para su padre y posteriormente para ella–. El equipo británico te quiere expresamente a ti, y también el príncipe. Vas a supervisar las cuadras reales, por amor de Dios. ¿Es que no significa nada para ti?

¿El partido entre Inglaterra y Argentina? Claro

que significaba algo. Solo podía pensar en Nero y en el críptico mensaje que le había enviado: *¿Qué has hecho, Bella?*

–Supongo que podría pedir una baja por enfermedad.

–Tú nunca te pones enferma.

–Pues me tomaré el día libre.

–¿Precisamente el día del partido más importante de la temporada?

–Está bien, está bien –concedió Bella–. Trabajaré en un segundo plano.

–La gente espera verte, Bella. Tu sitio está junto al campo, con los ponis. ¿Qué te ocurre? No pareces la misma desde que volviste.

No, no era la misma. Estaba nerviosa, inquieta y enfadada por no recibir noticias de Nero. No se atrevía a llamarlo, pero Ignacio le había confirmado que Misty estaba bien y que se entrenaba todos los días para la temporada. Y sí, Nero la montaría. Misty sería su primera elección en todos los partidos.

–¿Ha ocurrido algo en Argentina, Bella?

–No, nada –dijo con más vehemencia de la necesaria, como si intentara convencerse a sí misma.

Agnes se encogió de hombros, no queriendo insistir, y Bella se concentró en el trabajo.

–Manos a la obra. Quiero montar uno de los ponis recién entrenados en el último tiempo del partido femenino.

Sintió la preocupación de Agnes mientras se alejaba. ¿Cómo sería volver a a ver a Nero después de haber pensado en él a cada minuto desde que se marchó de Argentina?

Tendría que hacerlo, pues era su trabajo. El equipo

de Bella era uno de los mejores en lo que se refería a la preparación de los caballos. El trato con los hombres sería mejor dejárselo a las especialistas, pensó mientras veía a un grupo de animadoras dirigiéndose al bar. No tenían interés en ver jugar a las mujeres, pero todas volverían como una manada de lobas hambrientas cuando llegaran los argentinos.

El contingente argentino llegó a la ciudad como un ejército invasor. Vehículos todoterreno con cristales ahumados, furgonetas, camiones, coches de lujo, un par de motocicletas y un interminable desfile de los remolques más modernos que Bella hubiera visto nunca. El ambiente estaba cargado de testosterona, los caballos argentinos exhalaban fuego, y los hombres... Cuanto menos se fijara en los hombres, mejor. Hasta Agnes sonreía como una tonta ante la impresionante exhibición de cuerpos fuertes y bronceados.

Bella intentaba ignorar los frenéticos latidos de su corazón mientras anotaba las monturas en su cuaderno. Lo estaba consiguiendo cuando se giró y lo vio. Nero debía de haber ocupado la retaguardia del desfile, pero se había adelantado para ayudar a bajar del remolque a un poni especialmente difícil. Al verlo tan fuerte y varonil como siempre, se quedó clavada en el sitio. Nero significaba mucho más para ella de lo que se había imaginado.

Pero cuando el caballo se encabritó y amenazó con desbocarse, el instinto profesional se apoderó de ella. Dejó caer el cuaderno al suelo y corrió a ayudar.

Todo el mundo se había apartado, a excepción de

Nero. Se había enrollado la cuerda a la cintura y mantenía la postura con todos los músculos en tensión. El
caballo relinchaba y se encabritaba, pero la serenidad
que transmitía Nero le hizo fijarse en él y levantó las
orejas cuando él empezó a susurrarle con una voz grave
y profunda. El sonido no solo alcanzaba al caballo, sino
también el corazón de Bella. Amaba a aquel hombre.
Un amor malgastado, tal vez, pero siempre lo amaría.
Contempló su rostro y determinación y lo amó todavía
más. Nunca había sentido algo tan fuerte.

Finalmente el caballo se tranquilizó un poco. Nero
no permitió que nadie más que él lo condujera a las
cuadras, y Bella corrió a abrirle la puerta. El corazón
le latía desbocado, pero gracias a su profesionalidad
pudo dejar los sentimientos a un lado y hacer lo que
la vida y el entrenamiento le habían enseñado. El interior del establo estaba fresco y oscuro. Bella lo había preparado todo para una eventualidad como aquella. Siempre había un caballo, o más de uno, que se
ponía nervioso por el viaje y el entorno desconocido,
y el propósito de Bella era tranquilizarlo con el dulce
olor del heno y el agua limpia y fresca.

Nero le quitó el arnés y se lo tendió a Bella. Aún
no habían intercambiado una sola palabra, pero la
tensión se palpaba entre ellos. No había necesidad de
hablar. Los dos eran profesionales y en lo relativo a
los caballos siempre serían uno.

Una vez que se aseguraron de que el caballo estuviera tranquilo, salieron en silencio del establo y Bella cerró la puerta.

–Bien está lo que bien acaba. ¿No es eso lo que
decís en tu país, Bella?

Los musculosos brazos de Nero descansaban en la

mitad inferior de la puerta al girarse hacia ella. Bella lo miró a los ojos y sintió más que vio su media sonrisa.

–Hola, Nero.

–Hola, Bella.

Sus brazos casi se tocaban, pero mientras que Nero parecía sacado de una revista de moda y olía deliciosamente, Bella era penosamente consciente del olor a caballo que desprendía y de la ropa de trabajo que llevaba.

–¿Cómo estás? –le preguntó él.

¿Que cómo estaba? Debería estar tranquila y concentrada en su trabajo.

–Bien, ¿y tú? –pobres palabras para expresar todo un mundo de sentimientos.

–Muy bien, gracias –respondió cortésmente. No se había movido y la miraba como si quisiera grabarse su imagen en la cabeza–. Bella, lo que has hecho...

–Tengo que irme. Aquí tengo toda tu documentación –le tendió los papeles que había preparado antes, pero él no los miró siquiera–. Volveré más tarde. Si necesitas algo, no dudes en llamarme. Mi número está en la carpeta, junto a los otros que pueden resultarte útiles –seguía mirándolo a los ojos, y ahogó un gemido cuando él le puso las manos en los hombros.

–Basta de charla, Bella.

No podía resistirse, y cuando él la besó se sintió otra vez envuelta por su fuerza, su sabor y su embriagadora fragancia viril. Pero sabía lo peligroso que era entregarse.

–¡No! –exclamó él cuando ella intentó apartarse–. Esta vez no te dejaré escapar. Te he echado de menos, Bella. No sabía lo que estaba perdiendo... ni lo que podía ganar –añadió en tono jocoso.

No iba ceder a las emociones que ardían dentro de ella. No iba a hacerlo. No podía hacerlo.

–Me has enseñado algo muy importante, Bella –continuó él–. Has hecho que me dé cuenta de lo orgullosa que estaría mi abuela si viera lo que he hecho con el rancho y con el equipo que fundó ella.

–Lo orgullosa que estaría de ti –corrigió Bella–. No te quites importancia, Nero.

–Mira quién fue a hablar –observó él, rozándole los labios con la boca–. Me has enseñado que la historia no tiene por qué repetirse, y que una vida que no se comparta con nadie es una vida solitaria.

–Te he echado de menos –dijo ella en voz baja.

–Ya lo sé –afirmó él, tan seguro de sí mismo como siempre. Los ojos le brillaban de regocijo.

–Eres imposible.

Nero se encogió de hombros y sonrió.

–Cierto, pero te he echado de menos, Bella... Más de lo que imaginas.

Por primera vez en su vida había expresado sus sentimientos, pero Bella lo había dejado para atender otros asuntos. Sabía que no era una mujer a la que se le pudiera dar órdenes. Nero no quería una mujer sumisa, pero Bella se encontraba en el extremo opuesto. Era una mujer con una vida perfectamente ordenada. ¿Y había sitio para él en esa vida? Nunca se había hecho esa pregunta. Era evidente que el sitio de Bella era aquel, igual que el suyo estaba en Argentina. ¿Podían dos amantes separados por medio mundo estar juntos más allá de la temporada de polo?

Apretó la mandíbula con frustración mientras iba a ver a los ponis. Había querido decirle muchas cosas a Bella, pero ella no le había dado la oportunidad. Había querido darle las gracias por el vídeo que les dejó a los niños y decirle que iban a necesitar otro para el próximo año. Había pensado en el reencuentro desde que se separaron, pero para Bella lo primero era el trabajo y el deber.

También a él lo llamaba el deber. El trabajo y los ponis siempre conseguían serenarlo. Y Bella volvería a su lado en cuanto acabara lo que hubiera ido a hacer.

Bella no volvió a su lado, ni aquel día ni al siguiente. Nero se enteró de que estaba evaluando a los ponis del partido. ¿Por qué, entonces, se sentía tan indignado? A él también le quedaba una semana de duro entrenamiento y preparación antes del partido.

El día del encuentro amaneció cubierto de negros nubarrones. Nero apenas había pegado ojo, y lo primero que pensó fue si Bella habría dormido bien. Egoístamente esperaba que ella tampoco.

Desde la ventana del hotel observó el terreno de juego. Peligrosamente resbaladizo, y el tiempo no parecía que fuera a mejorar. Se duchó y puso las noticias para ver el parte meteorológico. Se esperaba tormenta. Genial. Justo lo que menos les gustaba a los caballos. Bella necesitaría toda la ayuda que pudiera conseguir para mantenerlos tranquilos. Los caballos se ponían muy inquietos al sentir la electricidad en el aire.

Una cosa era respetar la vida privada de Bella, pero no podía dejar de preocuparse por su seguridad laboral. Durante la semana solo se habían visto en el trabajo, y ella siempre encontraba una excusa para alejarse.

Era el momento de cambiar eso de una vez por todas.

Bella pasó un rato muy agradable con Ignacio en las cuadras. Le hizo muchas preguntas sobre la juventud de Nero, respetando los temas en los que no debía indagar. Nero le había hablado de sus padres, y Bella no quería abusar de la confianza de Ignacio. Pero el viejo le explicó por qué Nero tenía tanta dificultad para expresar sus sentimientos.

–Es la naturaleza del gaucho.

Ignacio había ejercido una gran influencia en Nero, había sido un apoyo constante y le había enseñado muchísimas cosas, pero no había impedido que Nero eligiera una vida solitaria. En vez de sentirse querido y protegido, Nero había vivido una infancia caracterizada por el temor y la crueldad. Pero si ella había conseguido dejar atrás su pasado...

–¿Están listos los ponis?

Bella dio un respingo al oír la voz de Nero.

–Todos los ponis de este lado han pasado el examen del veterinario.

Ignacio recogió sus aparejos y se marchó en silencio.

–¿Qué opinas, Bella?

–Opino que las condiciones meteorológicas son bastante malas y que van a empeorar –le sostuvo la mirada a Nero–. Creo que los ponis están en buena forma, pero debes tener cuidado. El terreno estará muy resbaladizo y a tus ponis no les gusta mojarse, mientras que nuestros ponis ingleses están acostumbrados al clima adverso –el corazón le latía con fuerza por la preocupación y el deseo.

–¿Y tus ponis ingleses también están acostumbrados a los truenos? –preguntó él con escepticismo, mirando al cielo.

–Esperemos que haya tormenta.

–Pase lo que pase, no quiero ver más heroicidades por tu parte –le advirtió Nero–. ¿Está claro?

–Creía que ya habíamos aclarado eso.

–Puede, pero no lo he olvidado.

Bella respiró profundamente mientras él se alejaba. ¿Volverían a estar tranquilos y relajados alguna vez? Desde la llegada de Nero se sentía como si estuviera en un huracán.

Y cuando él se marchara volvería a estar con la moral por los suelos. Apoyó la cara en el cuello del poni y se juró que no perdería otro segundo de su vida en pensar en Nero.

Capítulo 16

FINALMENTE no hubo truenos, pero Bella no se había equivocado con sus previsiones. El terreno estaba mojado y resbaladizo y más de un caballo se había lesionado al resbalar. El poni que montaba Nero había perdido una herradura.

–¿Dónde está Bella? –exclamó al desmontar en el descanso.

–Está con los mozos, calentando a los ponis –le explicó Agnes.

–Debería estar aquí –recorrió la fila de ponis con la mirada–. Su trabajo es estar aquí –se quitó el casco mientras se anunciaba el final del primer tiempo. Agnes se retorcía nerviosamente las manos, algo extraño en ella–. ¿Qué ocurre, Agnes?

–Nos faltan caballos...

–Tranquila, no es culpa tuya. Deberían haber suspendido el partido con este tiempo.

–¿Suspender un partido tan importante? –preguntó Agnes, horrorizada.

–¿Por qué no? Es solo un juego –jamás pensó que diría aquellas palabras.

Entonces se volvió y vio a Bella acercándose con Misty.

–¿Qué haces? –le preguntó él con recelo–. He oído que os habéis quedado sin caballos.

–No del todo –respondió ella mientras acariciaba el cuello del poni.

–Debes de estar bromeando. No voy a arriesgar a Misty. La he traído a Inglaterra, contigo, donde debe estar. ¿Es que no has visto cómo está el terreno de juego? Es un campo de batalla –Bella le estaba ofreciendo su poni, el símbolo de todo lo que le importaba–. No voy a montarla.

–Con ella estarás seguro, Nero.

Los ojos de Bella ardían de determinación. Se miraron el uno al otro en silencio durante unos segundos que se hicieron eternos. Finalmente, y a la vista de todos, Nero la agarró y estrechó contra él.

–No vuelvas a alejarte de mí.

–Solo ha sido una semana –bromeó ella.

–Una semana muy larga –arguyó él, y la besó con pasión hasta que sonó el aviso del segundo tiempo.

–Te estaré esperando –le prometió ella.

–Cuidaré de Misty –le prometió él. Montó en la yegua y se puso el casco, y entonces vio que eran el centro de todas las miradas: los mozos, Ignacio, el público, el príncipe... Todos los miraban fijamente a él y a Bella–. Te quiero, Bella Wheeler –exclamó, sin importarle que pudieran oírlo–. Siempre te he querido y siempre te querré.

–Y yo a ti –respondió ella, con el rostro tan radiante como el sol que asomaba entre las nubes–. ¡Ten cuidado!

Nero se quitó el casco y la saludó con una reverencia. Había ganado el único partido que le importaba. No tenía ni idea de lo que les depararía el futuro a él y a Bella. Solo sabía que, pasara lo que pasara, lo superarían juntos.

El equipo argentino logró una victoria impresionante y el príncipe fue el primero en reconocerlo. No podía culpar a Bella por permitir que el capitán del equipo rival montara a su mejor poni, cuando había sido el príncipe quien había sugerido que el mejor jugador de polo del mundo tuviera a Misty.

–Tienes que volver allí –le insistió a Bella tras alabar el trabajar que había hecho en Argentina–. Agnes y mi equipo se ocuparán de todo en tu ausencia.

–Es usted muy amable, señor –le agradeció Bella.

Nero la agarró de la mano en cuanto el príncipe se dio la vuelta.

–No puedes desobedecer una orden real...

–Tengo algo para ti –le dijo ella con una sonrisa.

–Y yo tengo algo que decirte –la llevó hasta el vestíbulo del club de polo.

–Primero el regalo –insistió Bella. Ignacio le había dicho que, aunque Nero era el hombre más generoso del mundo, no le gustaba que sus empleados se gastaran en él el dinero que tanto les costaba ganar. Y al no tener parientes vivos no se podía decir que recibiera muchos regalos. Algo que ella estaba dispuesta a cambiar.

–¿Esto es cosa de Ignacio? –preguntó él con desconfianza.

–Si lo fuera, no te lo diría.

–¿Me gustará?

–Creo que sí...

Tendría que ser paciente, pensó Nero mientras Bella lo conducía hacia las cuadras. Había esperado mucho para decirle lo que tenía que decirle y podía esperar un poco más.

Cruzaron el patio hacia un prado verde esmeralda que se extendía hasta el río, donde los potros correteaban y retozaban.

–El gris –le señaló Bella–. El primer potro de Misty. Nació antes de conocerte, pero ya tiene dos años y está listo para empezar el adiestramiento –miró a Nero, quien observaba con interés al potro–. Es un buen poni, un poco salvaje, pero fuerte y valiente. Lo he llamado Tango... Y es para ti.

–¿Para mí?

–Es mi regalo por... la hospitalidad que me ofreciste en Argentina.

Nero no podía creérselo. Nadie le había hecho nunca un regalo tan valioso.

–No sé qué decir...

–No digas nada.

–¿Qué puedo darte a cambio?

–No quiero nada a cambio. Nunca he querido nada a cambio.

–¿Puedo darte mi corazón? –la miró fijamente. Era la pregunta más importante que había formulado en su vida, y la respuesta de Bella cambiaría sus vidas para siempre.

La solución era muy simple. La habían tenido delante de ellos todo el tiempo, y seguramente por eso no la habían visto, pensó Bella mientras se probaba el vestido de novia en la vigésima tienda que visitaba durante el circuito de polo por Europa.

Afortunadamente el vestido le quedaba perfecto,

porque en cualquier momento Nero entraría a sacarla a rastras de la tienda. La paciencia no era una de sus virtudes y para él bastaría con firmar un contrato sin ceremonia alguna. Pero Bella tenía otras ideas. Quería fotos que pudiera enseñarles a sus hijos, y por ello estaba en la tienda de novias más exclusiva de Roma.

Rodeada por las dependientas, se permitió un momento de reflexión. Después de la boda volvería con Nero a Argentina para recibir al próximo grupo de niños y comenzar la temporada de polo. Más tarde volverían a Inglaterra para ocuparse de los proyectos de Bella. Pero lo más importante, como decía Nero, era la vida que estaban construyendo juntos.

Nero la arrancó de sus pensamientos al irrumpir sin previo aviso en la tienda, demasiado pequeña para contener su imponente figura y el vestido elegido. Las dependientas formaron una barrera en la puerta del probador para mantenerlo a raya.

—¡Quitadme esto, rápido! —exclamó Bella.

Las mujeres consiguieron quitarle el vestido y esconderlo antes de que Nero descorriera la cortina.

—No me pongas a prueba, Bella —le advirtió mientras las dependientas los dejaban solos.

—¿Te gusta? —le preguntó ella, luciendo la ropa interior que él le había comprado. Nunca se había imaginado con unas prendas tan diminutas y provocativas, pero gracias a Nero el pasado ya solo era un recuerdo que no podía hacerle daño.

—Estamos en la ciudad del amor —murmuró él, acariciándole la mejilla—. Más tarde comprobaremos si esta nueva lencería tiene el efecto deseado..

—Excelente. La Doncella de Hielo ya se está derritiendo al pensarlo —le agarró la mano para besársela.

—Eres mi mundo, Bella. Y después de este circuito vamos a quedarnos en Argentina a criar ponis.

—¿Qué? —exclamó ella, pero enseguida vio el destello de humor en sus ojos.

—¿He dicho ponis?

—Lo has dicho. Y para de una vez —le suplicó mientras él le besaba el cuello—. No estamos solos.

—Esto es Roma.

—Pero las dependientas...

—Ya lo han visto todo.

—No podemos.

—Es verdad, no podemos —aceptó él, dejándola débil y temblorosa—. Necesitamos más tiempo, de modo que te haré esperar hasta que volvamos al hotel. Tantos años de trabajo y nada de diversión han hecho de Bella una chica muy mala.

—Y tú eres más inocente que un santo, ¿no?

—De eso nada, cariño. Soy un hombre muy, muy malo...

A Bella le dio un vuelco el corazón.

—Prométeme que siempre lo serás.

Bianca

¿Había encontrado finalmente a la mujer de su vida?

Raoul Caffarelli, el conocido millonario y playboy, había vivido siempre al límite. Pero, cuando un accidente lo confinó en una silla de ruedas, al cuidado de una mujer cuya belleza lo cautivó, se vio sumido en un estado de rabia y frustración. Acostumbrada a pacientes difíciles, la fisioterapeuta Lily Archer no se dejaría intimidar por la arrogancia de Raoul ni por su apolíneo físico. Sin embargo, ella tenía también algunas cicatrices del pasado y había prometido no dejarse dominar por ningún hombre de nuevo.

Pero ambos iban a subestimar el poder de la pasión que había entre ellos. Sus cicatrices físicas podían curarse, pero algunas heridas eran mucho más profundas...

Cicatrices indelebles

Melanie Milburne

¡YA EN TU PUNTO DE VENTA!

Acepte 2 de nuestras mejores novelas de amor GRATIS

¡Y reciba un regalo sorpresa!

Oferta especial de tiempo limitado

Rellene el cupón y envíelo a
Harlequin Reader Service®
3010 Walden Ave.
P.O. Box 1867
Buffalo, N.Y. 14240-1867

¡Si! Por favor, envíenme 2 novelas de amor de Harlequin (1 Bianca® y 1 Deseo®) gratis, más el regalo sorpresa. Luego remítanme 4 novelas nuevas todos los meses, las cuales recibiré mucho antes de que aparezcan en librerías, y factúrenme al bajo precio de $3,24 cada una, más $0,25 por envío e impuesto de ventas, si corresponde*. Este es el precio total, y es un ahorro de casi el 20% sobre el precio de portada. !Una oferta excelente! Entiendo que el hecho de aceptar estos libros y el regalo no me obliga en forma alguna a la compra de libros adicionales. Y también que puedo devolver cualquier envío y cancelar en cualquier momento. Aún si decido no comprar ningún otro libro de Harlequin, los 2 libros gratis y el regalo sorpresa son míos para siempre.

416 LBN DU7N

Nombre y apellido	(Por favor, letra de molde)	
Dirección	Apartamento No.	
Ciudad	Estado	Zona postal

Esta oferta se limita a un pedido por hogar y no está disponible para los subscriptores actuales de Deseo® y Bianca®.
*Los términos y precios quedan sujetos a cambios sin aviso previo.
Impuestos de ventas aplican en N.Y.

SPN-03   ©2003 Harlequin Enterprises Limited

SOLAMENTE SUYA

ANN MAJOR

Hacía años, cuando Maddie Grey había huido de Yella, Texas, embarazada y sola, había dejado atrás una fama inmerecida y a su joven amante, John Coleman, ranchero y heredero de una explotación petrolífera. Pero habían vuelto a encontrarse, y ella estaba decidida a no revelarle ninguno de sus secretos.

Maddie era más hermosa, apasionada y desconcertante que antes, por lo que John no se detendría ante nada para saber la verdad sobre ella. Aunque eso supusiera hacerla su esposa.

Los secretos de una chica mala

¡YA EN TU PUNTO DE VENTA!

Se decía que el corazón de Alik estaba tallado del diamante más duro
y el hielo más frío...

Alik era poderoso, despia-
dado e incapaz de sentir
amor. Sin embargo, cuando
se enteró de que tenía una
hija, nada pudo evitar que la
reclamara como propia.
Jada Patel haría cualquier
cosa para conservar a la pequeña Leena en su vida, incluso casarse. Aunque nunca podrían tener un porvenir
en común, era imposible resistirse al poderoso Alik.
Jada creía que lo sabía todo
sobre el deseo, pero, arrastrada por el deslumbrante
mundo de Alik, descubrió
una pasión embriagadora y
devastadora que derretiría
hasta el corazón más frío.

Herencia oscura

Maisey Yates

1

¡YA EN TU PUNTO DE VENTA!